EL C

UNA NOVELA DEL DETECTIVE MALDONADO

PABLO POVEDA

Pablo Poveda Books

PABLO POVEDA BOOKS

El destino es el que baraja las cartas, pero nosotros somos los que jugamos.
—William Shakespeare.

1

Los fuertes latidos del corazón retumbaban en su cabeza. No podía escuchar otra cosa. Se sentía mareada, las piernas le flaqueaban y el aire se consumía en sus pulmones, como si respirara en el interior de una bolsa de plástico. La noche era cerrada, oscura y gélida. Estaba desorientada y no tenía ni la menor idea de cómo había llegado hasta allí, pero su instinto de supervivencia la empujaba a correr.

El terreno era irregular y las zancadas cada vez más dolorosas. El flato se le atravesó en el estómago como un punzón. Tenía la sensación de que no iba a ninguna parte.

—¡Por favor! ¡No me hagáis daño, dejadme en paz! —gritó a un cielo tapado por las nubes. Le costaba observar su entorno con claridad, como si algo interfiriera entre sus ojos y lo que había alrededor.

De repente, oyó unas pisadas que se acercaban por alguna parte. Se giró, miró al frente, pero no vio nada más que la bruma. Sabía que iban a por ella, que no la dejarían marchar.

A ciegas, aunque guiada por la intuición, giró noventa grados y echó a correr como si su vida fuera en ello. Las fuerzas le flaqueaban, la cabeza le daba vueltas como un carrusel, pero no podía rendirse. Avanzó como una flecha. Todo seguía oscuro y creyó que los había dejado atrás, pero la mala suerte se cruzó en su camino y tropezó con una rama.

—¡Oh! —soltó, desesperada.

Dio de bruces contra la tierra árida. Notó un fuerte escozor en las palmas de las manos y la sangre caliente al salir de la herida. De nuevo, oyó las pisadas, aunque no podía ver a quién pertenecían. El pánico se apoderó de ella, paralizándola física y mentalmente. Se incorporó como pudo, sintiendo un fuerte dolor en el tobillo. Se había torcido el pie y no podía seguir avanzando. Las lágrimas brotaron de sus ojos cuando reconoció el rostro macabro y los dos cuernos que salían de este.

—¡No, por favor! No me hagáis daño... —balbuceó, entre sollozos—. Haré lo que me pidáis. No me llevéis con vosotros...

Pero ya era tarde para ella.

Sin mediar palabra, no le llegó ninguna respuesta, sólo un estrépito silenció su voz para siempre, fundiéndola en la penumbra, y su cuerpo jamás llegó a tocar el suelo.

El silencio regresó a la oscuridad.

2

Lunes.

La fina lluvia del mediodía no desalentaba a los transeúntes que recorrían el centro de la ciudad, y tampoco lo desmoralizaban a él cuando estaba de servicio. Tenía ganas de cerrar aquel asunto. El final se acercaba. Era un caso de los fáciles, sin riesgo y con una remuneración decente. Llevaba unos meses con una racha buena, con clientela asidua y encargos sencillos.

En esta ocasión, Marisa García, su cliente, una profesora de colegio, casada y con una hija mayor de edad, temía que su marido tuviera problemas con alguna clase de vicio. Desde el principio, la cliente había descartado la infidelidad, pues Gonzalo, un comercial de venta en una compañía de maquinaria de construcción, siempre había sido un buen esposo, cabal y con unas rutinas ordenadas. Pero, desde hacía unos meses, la mujer había notado algo extraño en su comportamiento, después de descubrir un agujero en la cuenta bancaria que compartían.

Maldonado prometió dar una pronta respuesta. En su interior, aquel caso olía, como muchos otros, a las astas de un reno. No obstante, no podía decírselo sin una prueba fehaciente. No le pagaban por dar opiniones, sino para destapar verdades.

Durante dos jornadas, vigiló los pasos de aquel encargado sin demasiado éxito. Gonzalo Berruete parecía un hombre corriente a los ojos del detective. Un tipo de los que iba de la casa al trabajo y del trabajo a la casa, sin fraternizar con los compañeros de oficina ni pasar por la barra de un bar antes de la cena. Quizá, la precisión de sus hábitos fue lo que más le extrañó al expolicía.

Al tercer día, cambió el turno de vigilancia de tarde al turno de la mañana, para observar lo que hacía durante el almuerzo. Desairado, supuso que tampoco encontraría nada y que tendría que explicarle a la cliente que Gonzalo, después de todo, era un buen marido y que su preocupación, tal vez, se debiera a una deuda que tenía pendiente. Era un final, pensaba, pero no el que le habría gustado contar.

Subido en el viejo Golf GTI negro, salió del barrio, atravesó el paseo de Camoens y tomó rumbo a los teatros de Canal. El almacén del investigado se encontraba en una de las perpendiculares que quedaban entre la calle de Bravo Murillo y la glorieta de Cuatro Caminos.

Paró a repostar en la gasolinera de Ríos Rosas, aprovechando que llegaba con antelación a la hora del almuerzo y llenó el depósito de gasolina, ahora que podía permitírselo.

«Nunca se sabe cuándo será la siguiente».

Antes de marcharse, echó la mano al interior del Barbour y descubrió que se había quedado sin cigarrillos. Entró en la tienda, y sorprendió a una pareja de jóvenes, ya mayores de edad, urdiendo un plan para robar un chorizo envasado al vacío y un par de latas de bebida energética. El detective se acercó a ellos por la espalda.

—¿Os olvidáis de pasar por caja? —preguntó sin levantar la voz, deteniéndose junto al estante de los lubricantes para vehículos. Por altura, Maldonado quedaba por debajo de ellos.

Se preguntó si era el cerdo lo que hacía crecer tanto a las nuevas generaciones.

—Date el piro, colega —dijo el que escondía el embutido.

El cajero, un hombre a punto de retirarse, atendía a otros clientes de la tienda.

—Si no lo pagas tú, lo pagará él de su bolsillo —respondió y señaló al empleado.

—¡Que nos dejes en paz, joder!

—No deberías hablar así a un desconocido.

—Ah, ¿sí? —preguntó, desafiante, mientras se levantaba la sudadera y dejaba a la vista una navaja del tamaño de su mano.

Uno.

Dos.

Respiró profundamente.

El cajero advirtió la situación y miró a los monitores de las cámaras.

—¿Ocurre algo ahí?

Con actitud altiva, el chico le hizo un gesto al detective para que se apartara del camino de ambos.

—Nada. Estamos hablando.

—Eso es, viejo.

Uno.

Dos.

Tres.

«Te lo advertí, chaval».

Con la guardia baja, Maldonado agarró por el asa un bidón de líquido limpiaparabrisas y golpeó al muchacho armado, en la cara, lanzándolo contra el estante y creando un momento de desconcierto. Cuando el joven intentó devolverle el golpe con la barra de embutido, Maldonado le asestó un gancho que lo dejó aturdido. El chorizo cayó al suelo, el compañero intentó huir y el expolicía desarmó al ladrón.

—¡Que no se vaya!

Dos encargados le cerraron el paso y el ratero levantó las manos.

—¿Está bien? —preguntó el empleado.

—Lo estará.

—Será mejor que llamemos a la Policía.

—Como quiera...

—¿Hay algo que pueda hacer por usted?

—No, gracias... —respondió y volteó la vista a su coche, que seguía en el exterior. A lo lejos, reconoció la silueta del marido de su cliente, caminando por el otro lado de la calle. Parecía seguir una dirección, así que Maldonado pagó la gasolina, el tabaco y se apresuró a marcharse—. Ahora que lo dice, ¿le importa que deje el coche a un lado? Serán unos minutos.

***

Conocía esa forma de caminar, la había visto en cientos de ocasiones. Aquellos eran los andares de quien comete un acto a escondidas, de quien está a punto de quebrar lo inquebrantable, con travesura, como el niño que tira un petardo a la calle y después se tapa los oídos.

Se alejó unos metros de la gasolinera, encendió un *light* y observó los movimientos del encargado del almacén. Gonzalo, vestido con un traje barato y un abrigo de paño que ensanchaba sus brazos, subía por la calle con paso ligero. Caminó en paralelo, pegando caladas al cigarrillo, a la vez que ponía atención a los locales que encontraba por su paso. Nada le hizo sospechar. En la esquina había una cafetería con solera y, dos locales más abajo, una peluquería de caballeros. Sin embargo, el hombre lo sorprendió cuando se paró frente a un portal que había entre medias. Tocó el timbre y entró en él.

—Qué demonios... —dijo, apagó el cigarrillo de un pisotón y cruzó la avenida, aprovechando que los coches no habían llegado de la glorieta.

Frente a sus ojos, un letrero luminoso de color rojo anunciaba los servicios de Tarot, lectura de manos, rituales.

«Al final, esa mujer tendrá razón», se dijo, confundido, frente a la entrada del edificio. Era un portal pequeño. En el interfono había cinco plantas, todas con un botón a cada lado.

Debía seguir a ese hombre, antes de perderlo de vista.

Tocó varios a la vez y afirmó ser el cartero. La puerta se abrió. El ascensor marcaba el tercer piso. Maldonado tomó las escaleras, subiendo los peldaños de dos en dos, dejándose el aliento en ello.

Los pasos de Gonzalo Berruete se perdieron por un pasillo que el detective no logró ver y una puerta se cerró.

«Acabemos con esto».

Carraspeó, se frotó las manos y tocó el timbre.

La puerta se abrió y apareció una mujer con el pelo ensortijado y un conjunto de blusa y vaqueros de color negro.

—¡Buenos días! —dijo con voz rasgada y con un cigarrillo entre los dedos—. ¿Qué desea?

El detective dio un barrido visual rápido. El apartamento tenía el aspecto de una vivienda corriente, pero era una falsa apariencia.

—Estoy buscando algo... —respondió intentando ganar tiempo.

Ella le dio un repaso y esperó a que se explicara.

—¿Es usted policía?

—No.

—¿Qué importa eso, verdad? —comentó la mujer y sonrió. Sus labios arrugados se convirtieron en un código de barras—. Pase, no se quede ahí.

Maldonado cruzó el umbral y la desconocida lo llevó hasta una sala de estar. Olía a perfume barato, a tabaco y los muebles eran viejos. En la pared había colgado un cuadro al óleo que imitaba a Van Gogh.

—No es su primera vez, ¿verdad? —preguntó, relajada, sentándose y cruzando las piernas—. Sólo es timidez.

De pronto, una puerta se abrió. Primero salió un hombre despeinado y con la camisa desabotonada. Después una mujer, bastante más joven que él y vestida de un modo sugerente. No eran pareja y aquel tampoco era un consultorio emocional. Entonces entendió qué sucedía.

—Verá...

—Relájese, no hay prisa.

Sus ojos lo delataron. Las reacciones corporales eran más rápidas que las palabras.

—En realidad, sí que la hay —respondió tragando saliva—. Estoy buscando a una persona.

—¿Y qué persona es esa?

—El hombre que ha entrado antes que yo.

La mujer entornó los ojos y apagó el cigarrillo con saña. Comprendió que no era un cliente.

—Tiene que marcharse. Me temo que se ha equivocado de sitio —dijo y alertó a la chica que había en el pasillo.

Esta despidió al cliente, cerró la puerta y después se escondió en el cuarto del que había salido..

El tiempo se le agotaba. Debía actuar rápido antes de verse en un problema. Estaba cansado de aquel asunto y quería cobrarlo de una maldita vez. Nunca le gustó utilizar la fuerza, ni la amenaza, para saldar sus cuentas, pero, dado que había hecho una obra de caridad minutos antes en la gasolinera, esperó que "el de arriba" lo comprendiera.

Con delicadeza, se echó a un lado el Barbour y le mostró la culata del revólver, que sobresalía de la parte trasera de la cintura. Lo que no sabía ella era que el tambor estaba descargado.

Su semblante empalideció.

—Señora... —dijo, paciente y tranquilo—. No me importa el negocio que tengan montado. Ahí dentro hay un hombre con el que deseo hablar. Lo demás, no es de su incumbencia.

—Escuche, llévese lo que quiera, pero no cometa una insensatez.

—Lléveme a él —ordenó—. Eso es todo lo que pido.

La mujer respiró hondo. Parecía sentirse en un aprieto por lo que estaba a punto de hacer. Se levantó de la silla, bajo la mirada del detective y se dirigió a una puerta.

—Lo que va a presenciar... puede que no sea de su agrado.

—Mientras no sea ver ganar al Real Madrid...

—Por aquí, por favor.

Maldonado siguió sus pasos por el oscuro pasillo. En efecto, tal y como había explicado, el corredor llevaba a un cuarto cerrado, con la puerta acolchada para que el ruido no escapara de la habitación.

—Abra.

La mujer tragó saliva.

—Está bien, lo haré yo, demonios... —dijo, la apartó y accionó la manivela, empujando la puerta hacia dentro. Esa desconocida le había dicho la verdad. Lo que iba a presenciar no sería de su agrado y tardaría años en olvidarlo.

3

Una hora más tarde, el marido de su cliente y el detective
compartían mesa en el interior de la sidrería Balmori, un
local asturiano de los de siempre, cercano a la glorieta de
Cuatro Caminos y próximo a la oficina donde trabajaba
aquel tipo.

A pesar del grotesco espectáculo, el esposo estaba
hambriento y no vaciló en pedir el menú del día,
acompañado de una copa de Ramón Bilbao. Por su parte,
Maldonado se limitó a tomar un café con un chorro de
coñac para aliviar el malestar mental.

—¿Qué quiere que le diga? Esto no es nuevo... Hay una
parte de mí que no puedo reprimir —explicó el tipo con
naturalidad, refiriéndose a las fotografías que el detective
había tomado con su teléfono tras abrir la puerta—. No soy
un monstruo. Quiero a mi hija, a mi mujer, pero tengo unas
necesidades.

—No las pongo en duda.

En las fotografías aparecía Gonzalo a cuatro patas sobre una cama redonda, en ropa interior, con una máscara de cuero negro y una pelota en la boca. Tras él, otro hombre, más fuerte, más joven, vestido con una cazadora de piel con tachuelas y una máscara de luchador mexicano, sujetaba un látigo y le azotaba en las nalgas.

—Su esposa cree que está metido en un lío de apuestas... Por eso me contrató.

—Dios mío, pobre mujer... —dijo, apesadumbrado, mientras mezclaba los huevos rotos con el chorizo y las patatas—. Lo último que quiero es preocuparla.

—No es para menos, un lío de faldas... o de calzones, en este caso...

—Supongo que le dirá la verdad.

—Hombre, todo es negociable.

—¿Negociable?

—No sé... —dijo el expolicía, apurando el café y pidiendo un segundo—. Yo no soy quién para juzgar a nadie, pero tampoco creo que haya cometido una fechoría... Así y todo, piense en ellas... Hoy en día, este aún es un asunto... En fin, es un poco difícil de digerir, un tema tabú, ya me entiende... Tal vez no se lo perdonen en mucho tiempo... o en toda una vida.

—Ya... Cuento con ello, aunque estoy harto de esconderme. Me duele en el alma, pero es un riesgo que debo asumir.

—Existen alternativas, Gonzalo. Es lo que pretendo decirle.

—¿Alternativas? Déjese los rollos esos de ir a terapia... Lo he probado todo.

—La vida es más sencilla que eso.

Más bien, en su cabeza existía la posibilidad de sacar un sobresueldo ayudando a aquel tipo, aunque no iba a cobrarle por aquello.

Maldonado le planteó fingir una infidelidad con otra mujer. De ese modo, el mal trago sería más llevadero para la familia. Gonzalo le pediría el divorcio a Marisa y esta no tendría más remedio que aceptarlo. No era la solución más ética, pero sí la menos trágica.

—¿Habla en serio? Sobre eso de ayudarme, digo.

—Por supuesto.

—Pero, míreme. ¿De dónde voy a encontrar a una amante creíble?

—Seguro que esa mujer tiene algo para usted.

—¡Oh, no! Qué vergüenza...

Maldonado tuvo una idea.

—No se preocupe por eso. Yo me encargaré de ello.

El tipo sacó una tarjeta de visita y se la entregó.

«Gonzalo Berruete. El Castizo: Maquinaria para excavaciones. Comercial de venta y alquiler».

Después le estrechó la mano.

—Si algún día necesita algo, no dude en pedírmelo —dijo, con la barbilla manchada de aceite, zarandeándole la muñeca—. Es usted un buen hombre, Maldonado.

4

Era tarde para comer, aunque sospechó que Marla no habría pegado bocado en la mañana. Desde que el trabajo había aumentado, Marla lidiaba a todas horas con facturas y pagos pendientes. Los clientes no vacilaban a la hora de exigir, pero les costaba abonar los honorarios cuando el trabajo estaba terminado.

De regreso a la oficina compró un par de bocadillos de jamón ibérico con queso, dos refrescos y un pedazo de tarta de leche para la secretaria. Debía tener una conversación con ella en relación con la promesa que le había hecho a ese hombre.

A Marla no le gustaría su idea.

¿A quién sí?, se preguntó entre risas, pero no debía darle demasiada importancia. Le daría un extra por aquel favor. Serían unas fotos, nada más, en las que aparecerían los dos juntos, por la calle. El problema de Marla era su código ético.

«Demasiado férreo, demasiado legal».

Llegó a la esquina de San Bernardo con la Gran Vía, observó el lejano bullicio humano que hervía en Callao y entró en el portal del edificio donde estaba su despacho. Subió el ascensor, procurando borrar de su cabeza las imágenes que había presenciado y abrió la puerta de la oficina.

—¡Por fin estás aquí! —exclamó la secretaria, levantando los ojos de sus gafas para leer. Vestía con una blusa de color crema y tenía la melena alborotada. Maldonado la vio a lo lejos y se cuestionó qué usaría para tener el cabello tan brillante—. ¿Te ha tragado la tierra?

—Casi. ¿Me echabas de menos? —preguntó, se acercó al escritorio y dejó la bolsa de la compra—. Estás pálida. ¿Sigues con esa dieta de lechuga y agua?

—Son las tres de la tarde. Iba a hacer el descanso ahora mismo.

—Es tu día de suerte —respondió el expolicía y se quitó el abrigo para colgarlo en el perchero de la entrada. La oficina desprendía una sensación de desorden, de caos y de agobio, a excepción de su escritorio, que seguía intacto—. Hoy no habrá sopa de sobre.

La secretaria meneó la cabeza y evitó discutir con él. Intrigada por el interior de la bolsa, sacó los bocadillos envueltos en papel y comprobó su contenido.

—¿Jamón, del bueno? ¿Qué está pasando, Javier?

—Hay una limonada para ti y también tu postre favorito... —señaló, como si no tuviera importancia—. Tarta de queso.

Pero ella miró extrañada el pedazo de pastel.

—¿Desde cuándo?

—Desde cuándo, ¿qué? ¿No puedo ser atento? Al menos, un detalle para compensar tanto sacrificio. Sigo teniendo compasión.

—No, Javier. Lo que pregunto es, ¿desde cuándo es mi postre preferido? Soy intolerante a la lactosa, no tomo leche.

—Ah, ¿no? Eso sí que es nuevo. ¿Qué hay del café? Porque tú lo bebes con...

—Leche de soja.

—Me tomas el pelo, ¿verdad?

—En fin... Aprecio el gesto, pero creo que has comprado la tarta pensando en ti.

—Ya sabes que no tomo dulce —replicó, fingiendo sentirse ofendido—, a excepción del Baileys con hielo.

La secretaria suspiró y lo miró fijamente desde su asiento, buscando la manera de terminar con tanta bobería.

—¡Gracias! —sentenció, regalándole una sonrisa. Sabía que era lo que Maldonado buscaba, nada más—. Ahora, cuéntame. ¿Cuál es la novedad? ¿Has descubierto algo sobre el marido de la señora García? Ha llamado dos veces esta mañana...

—De eso te quería hablar... Necesito algo de ti.

—Te escucho... —respondió, desenvolviendo el papel del bocadillo para dar un un mordisco al pan. Después se giró hacia él y cruzó las piernas mientras devoraba el almuerzo. Llevaba una falda oscura y unas medias tupidas que ocultaban la palidez de su piel. Por un instante, tuvo la sensación de que había algo sugerente en sus movimientos, pero desestimó la idea bien pronto, antes de que las imágenes de la mañana se mezclaran en su cabeza.

—¿Javier? —preguntó, masticando con la boca llena—. ¿Sigues ahí?

El detective carraspeó y miró hacia la ventana. Después se dirigió a ella:

—Ese tipo... Digamos que lleva una doble vida...

—¿Actividad ilegal?

—Mmm... ¿Es el placer algo prohibido?

—¿Frecuenta los prostíbulos?

—Casas de citas.

—¡Ajá! Una infidelidad.

—De las oscuras.

—No te sigo.

—No se ve con mujeres...

—¿Con hombres?

—¡Es obvio!

—Sé más claro, por favor.

—A ver cómo le explico a su mujer lo del látigo y el cuero...

De pronto, ella se quedó sin palabras durante unos segundos, observando con detenimiento al expolicía. Él no supo cómo interpretar aquello y el calor comenzó a subir por su cuerpo. Después, la secretaria rompió a reír.

—¡Ay, Dios! Javier... —exclamó, aguantando la risa. Él no comprendía la gracia—. ¿Cuántos años tienes?

—Intento explicar lo que he visto. No es nada fácil, ¿sabes?

—Ni que fuera un crimen —dijo y sonrió, sujetando el bocadillo—. La señora García se sorprenderá, que no te quepa duda. ¿Tienes pruebas?

El detective sacó el teléfono, desbloqueó la pantalla y le mostró la galería de imágenes.

—Pero nunca las verá —añadió y retiró el terminal de los ojos de la chica—. Estas fotos no existen, nosotros no sabemos nada y eso nunca ocurrió.

—Ya veo...

—Si te refieres a las imágenes, las borraré en cuanto termine nuestra conversación —aclaró y dio un respingo—. Piénsalo bien, Marla, no nos interesa crearnos más enemigos. Además, este hombre no le ha hecho mal a nadie...

La secretaria puso los ojos en blanco. No daba crédito a lo que decía su jefe.

—Tanto como no hacer nada... Le ha sido infiel a su mujer, ¿te parece poco?

—Poco me parece lo que me pagan —argumentó—. La infidelidad tiene muchos matices. La verdad puede desembocar en un desastre.

Marla entornó los ojos.

—¿A dónde quieres llegar?

—Le he dado mi palabra de que solucionaría esto. En el fondo, es lo mejor. Le diré a la señora García que su marido le ha sido infiel. No le mentiré al respecto...

—Pero...

—No entraré en detalles.

—¿Y cómo piensas demostrarlo? —preguntó, intrigada. La mirada del detective le dio la respuesta—. ¿Qué? ¡Ni hablar, Javier!

—Serán sólo unas fotos de espaldas, Marla... No se dará cuenta del truco.

—¡No! Me niego a participar en este fraude.

—Piensa en la hija...

—Búscate a otra, Javier.

Maldonado le suplicó juntando las palmas de las manos.

—Venga, Marla, ¡no tengo a otra! —exclamó y se arrodilló ante ella, exagerando la súplica—. Por favor, no te hagas la remolona...

—Ya tienes que estar desesperado para hacer el ridículo de esta manera... Pero me niego.

De pronto, la puerta se abrió de un golpe.

Los dos giraron el rostro hacia la entrada del despacho. Era el inspector Berlanga, protegido con su gabardina de color crema y un traje azul sin arrugas. En la cabeza llevaba la gorra irlandesa de lana que se ponía cada invierno.

—¿Interrumpo algo? —preguntó desde la entrada.

Hacía meses que Berlanga no se presentaba en su despacho. Los mismos en los que él había dejado de telefonear a la oficina. A pesar de la larga relación que los unía, existían épocas en los que el inspector y el detective cortaban el contacto. En ocasiones era el trabajo la causa del desafecto. Otras veces era el propio Maldonado quien dejaba que se enfriara la relación, tras haber enfadado y metido a su amigo y excompañero de oficio en un buen lío. En esta ocasión, la razón era una mezcla de ambas cosas. El despacho se había mantenido ocupado y el detective no quería pedirle más favores tras el escandaloso caso del actor que fingió su propia muerte. Por esa razón, le sorprendió que Berlanga arrastrara el trasero hasta su oficina.

Debía de ser importante, pensó.

Maldonado lo observó de reojo, se puso en pie y se alejó del escritorio.

—Hay un timbre abajo y otro en la puerta.

—Llevo todo el día intentando localizarte.

El detective lanzó una mirada a su secretaria. Ella se encogió de hombros.

—No me ha dado tiempo a decírtelo.

—Entiendo que teníais otras cosas más importantes de las que hablar... —comentó el inspector de la Policía, después se acercó al escritorio de la chica y husmeó en la bolsa de la comida—. Vaya... No sabía que tuvierais una comida de empresa.

—Deja eso, anda —dijo el detective y abrió la puerta de su despacho—. Será mejor que entremos en mi oficina.

—No... —rechazó y Maldonado giró el cuello—. Quería proponerte tomar algo fuera. Me gustaría hablar contigo de un tema... privado.

—No será por mí... —respondió Marla, ofendida.

—Sin acritud, señorita.

—Regresaré más tarde, Marla —dijo y agarró su abrigo—. Tenemos una conversación a medias.

—Que os vaya bien.

Maldonado cerró la puerta del despacho y se dirigió al ascensor con su amigo.

—Parecéis un matrimonio —comentó con sorna Berlanga —. ¿Qué mosca te ha picado esta vez?

El detective se acercó e inclinó la cabeza.

—Para una vez que le pido algo... y se cierra en banda.

El inspector carcajeó.

—Viniendo de ti, yo también lo haría... —comentó aguantando la risotada—. No te ofendas, pero, maldita sea... Cuando te he visto de rodillas... faltaba un látigo en la escena.

Sonó un pitido en el pasillo y la puerta del ascensor se abrió.

—No me hables de látigos. Nunca me han gustado y... ahora, creo que todavía menos.

5

Las tripas del detective rugían como el motor de un deportivo italiano. Tomaron San Bernardo en dirección a la glorieta y Berlanga le propuso ir al Padrao. A Maldonado no le importaba visitar el bar de policías que frecuentaban los excompañeros de la comisaría Centro, pero ese día no estaba de humor para ver uniformes ni para escuchar comentarios jocosos sobre su persona.

—Mejor al mesón Oluar, que no tengo ganas de verle la cara a Ledrado.

—El inspector hace su trabajo. No es tu reemplazo ni tampoco el culpable de que te echaran...

—No he dicho lo contrario. Es su presencia la que me agota.

—Tú, erre que erre...

Se dirigieron al mesón gallego que había a escasos metros del edificio del despacho y saludaron al camarero que se movía sin descanso al otro lado de la barra. Dada la hora, las mesas del comedor estaban vacías y la clientela, en su mayoría hombres, ocupaba los espacios de la barra de granito, veía la tele y disfrutaba del enésimo carajillo del día.

—¿Has comido? —preguntó el inspector.

—La cocina está cerrada, compañeros —dijo el camarero disculpándose y encogiéndose de hombros—, aunque les puedo preparar unas raciones frías, unos bocadillos...

—Me espero a la cena... —comentó y señaló a una de las mesas que había al fondo—. ¿Podemos sentarnos?

—Por supuesto, inspector.

La cara de Berlanga no necesitó palabras. Tampoco le sorprendió que le siguieran el juego. Después de todo, a pesar de los años, superar un episodio como el suyo, no era fácil. Aquel era uno de los pocos sitios en los que, de puertas hacia dentro, Maldonado seguía siendo policía. Tal vez supieran que no era así, pero un buen camarero sabe cómo contentar al cliente asiduo.

Tomaron asiento en una de las mesas del rincón, pegada a una pared amarilla de la que colgaban varios cuadros de jarrones y junto a un mueble donde guardaban los manteles de tela y las botellas de vino. Pidieron dos cafés. Uno cortado y el otro con un buen chorro de Magno.

—Veo que no cambias... Sigues con la dieta del café y el brandy.

—El café me despierta y me quita el hambre.

—¿Y lo otro?

—Abriga y ayuda a soportar a los demás. No te vendría mal probarlo... es un buen combinado.

—Con tanto café, no entiendo cómo logras conciliar el sueño... o lo que es peor, no sé cómo no te ha dado ya un infarto.

—La alterno con el segoviano para que haga pared...

—Tú sabrás lo que haces.

—¿Vas a contarme a qué viene tanto interés?

—Sí, claro.

—Sé que me vas a pedir un favor.

—En efecto.

—Y que no puedo rechazarlo porque...

—Te lo pido como amigo.

—Y como me has salvado el cuello en los últimos encuentros...

—Espero que seas razonable y pongas de tu parte.

—Eso era todo lo que necesitaba oír.

—Sabía que lo entenderías.

Los cafés llegaron a la mesa. El camarero sirvió un chorro de brandy y antes de que cerrara la botella, el detective le pidió que la dejara con ellos.

—Prometo devolverla —respondió con una sonrisa y la puso junto a su taza. Luego se dirigió al compañero—. Te escucho, inspector.

***

A Berlanga le costó empezar, pero cuando arrancó, Maldonado prefirió no interrumpirlo hasta que terminara. Varios años atrás, poco después de que Asuntos Internos obligara al detective a dejar su puesto, un inspector de la Brigada de Homicidios de Alicante lo puso en alerta sobre una chica desaparecida en la provincia, que podía haberse trasladado a la ciudad. Berlanga le siguió la pista, pero la mujer nunca llegó a empadronarse en Madrid y el inspector valenciano no volvió a contactar con él.

—Como comprenderás, yo ya me había olvidado del asunto y de la chica... —explicó, pensativo—. Bien sabes cómo funcionan las desapariciones y la cantidad de personas a las que se traga la tierra... En fin, la semana pasada, recibí una llamada desde Alicante.

—¿Preguntando por la chica?

Maldonado pensó que el asunto parecía serio y por eso había recurrido a él.

—No, esta vez me pedía otro favor.

—Vaya... Debe de ser alguien importante para que des el brazo a torcer.

Berlanga resopló. El excompañero notó en sus ojos un brillo que no supo describir. No sabía si era miedo o nostalgia.

—Fuimos buenos compañeros en la academia policial. Estaba en deuda con él.

—Comprendo.

—Además, es un buen policía, como tú.

—¿Qué pinto yo en todo esto, Berlanga?

—El inspector ha mantenido el caso abierto desde Alicante, pero no le permiten operar en Madrid sin permiso. Sin embargo...

—Está dispuesto a ir hasta el final, haciendo lo que le salga de las narices...

—Más o menos, de un modo extraoficial.

—Tendrá una razón de peso para buscarse un problema así.

—Habrá tiempo para averiguarlo... —dijo por lo bajo—. Ese es el motivo por el que requiero tu ayuda.

—¿Quieres que haga de niñera?

—No. Él ya es mayorcito para cubrirse las espaldas.

—¿Entonces?

—Te pido que le eches una mano con el caso. Eres el mejor encontrando personas desaparecidas, Javier.

—Ya no soy policía, Miguel. La vida me sonríe, tengo trabajo y puedo mantener el alquiler de la oficina. Soy un reinsertado social. Dame un respiro, carajo.

—No estaría aquí si no fuera importante para mí.

—Pues préstale tu ayuda, si tanta deuda tienes con él.

—Pongo en peligro el ascenso a inspector jefe. Tengo papeletas, no quiero cagarla. Si me descubren, me abrirán una investigación.

—¿Y yo no me juego nada?

—Javier...

—Después de esto, no me pidas nada más.

—Estaremos en paz. Serán dos días, tres como mucho... En cuanto encuentre lo que quiere, se largará.

—¿Y si no es así?

—Lo hará.

—Todavía no he aceptado.

—Piénsalo varias veces.

—¿Hay algo más que deba saber?

—Llega mañana a Atocha y se hospeda en el centro, aunque todavía no sé dónde —aclaró, rascándose la nariz—. Es bastante celoso de su intimidad. Nos reuniremos los tres en un lugar seguro.

—Si quieres, también le invito a comer...

—No me fastidies, Javier —espetó—, te hablo en serio... Él te pondrá al corriente de la investigación, de los detalles y de lo que necesita de ti y de la ciudad... Le he explicado quién eres y por qué debéis trabajar juntos.

—¿Y no se ha opuesto?

—No.

—Nunca se me ha dado bien el trabajo en equipo.

—Es lo que hay... Por mi parte, sólo te pido que no crucéis ciertas líneas. Si lo ves oportuno, mantén la firmeza.

—Me has dicho que no iba a ser su niñera.

—Hablo por ti.

—Estupendo. Y este policía... digo yo que tendrá un nombre, ¿no?

Berlanga agarró la botella de brandy y roció un chorro en su café. Después lo removió con la cuchara y dio un trago a la taza.

El destilado cruzó su garganta como si fuera pólvora.

—Sí —dijo, acompañando la respuesta con un suspiro—. Su apellido es Rojo. Todos le llaman así y se asegurará de que tú también.

6

— · —

Día 1.

Martes.

Detestaba febrero. Era un mes corto, transitorio y sin nada que celebrar, al menos para él, que también odiaba el carnaval, sus máscaras y disfraces. Maldonado sentía el mes de febrero como la sala de un posoperatorio donde no se aceptan visitas. Tres semanas y media en las que las facturas llegaban antes de hora, los pagos se adelantaban, el amor permanecía dormido, la ciudad hibernaba durante días a causa de las vacaciones en los colegios y él vivía en un constante escenario gris, nuboso, triste y estático.

Las mañanas eran más llevaderas que las noches y los días de trabajo más livianos que los fines de semana en los que no tenía más quehacer que apoyarse en la barra de un bar. En febrero todavía perduraba el amor de invierno. Las parejas de tórtolos llenaban los salones de los restaurantes, conociéndose entre copas de vino y platos de carne o comida japonesa, o las salas de estar de sus apartamentos.

No había lugar para los tipos como él, al menos, hasta que llegara la primavera. El letargo de la naturaleza apartaba a quienes no habían hecho su tarea durante el otoño. Pero el detective, hacía tiempo que había dejado de creer en el amor, en las relaciones y en los ciclos hormonales del ser humano. Por suerte, ahora tenía algo con lo que entretenerse, aunque no estuviera del todo convencido de las intenciones de Berlanga.

Esa mañana se despertó antes de lo habitual, agitado por un sueño extraño que no lograba recordar y por el éxtasis del día marcado.

Tras una ducha fría y una cafetera moka para dos personas, se vistió con ropa limpia y se preparó para la visita que llegaba desde Alicante. Frente al espejo se percató de que llevaba varios días sin afeitarse. La barba áspera y oscura poblaba su cara.

«Ni que ese tipo tuviera que darme el visto bueno», pensó, frotándose la barba. Después agarró sus gafas de sol y abandonó el apartamento.

El cielo seguía encapotado, aunque los rayos del sol trabajaban por abrir un claro entre las nubes.

Subió por la cuesta de San Vicente en dirección a la plaza de España y pensó en cómo remendar el descuido del día anterior con Marla. Todavía mantenía las esperanzas de que la chica cediera, pero debía esforzarse un poco más para conseguir su objetivo. No entendió su reacción. No le interesaba llevarse mal con ese hombre y tampoco arruinarle la vida. En el fondo, le apenaba destrozar un matrimonio por una verdad como aquella, si todavía estaba en su mano suavizar la razón. Lleno de contradicciones, comprendió que no era su conflicto, ni tampoco su tarea.

Si Marla no quería hacerlo, se dijo, no la presionaría más de lo necesario.

Como cada mañana, la Gran Vía había despertado antes que él. El tránsito se movía con rapidez en sendas direcciones, llenando las calles de peatones agitados, abstraídos en las burbujas de sus pantallas, esquivándose unos a otros como si fuera un ballet sincronizado. Maldonado prefería la vida real, la que había contemplado siempre, sin bandas sonoras elegidas a dedo y con el ruido de los taxis y de la propia decadencia humana. Subió con paso lento, disfrutando del entorno, recordando las tiendas que ya no estaban y que ahora llevaban otro nombre. Los clásicos bares de jamones eran reemplazados por hamburgueserías americanas y establecimientos de comida rápida. Tomar un café y un pincho de tortilla decente en el corazón de España se convertía en una aventura.

A la altura de San Bernardo con Gran Vía paró a comprar el desayuno en el Starbucks que había en los bajos del despacho. No era el mejor café de la ciudad, aunque sí uno de los más caros, pero lo hacía por ella. La secretaria enloquecía con las florecillas que pintaban con leche en lo alto de la bebida. Pidió un café solo y otro cortado, a lo que el muchacho le preguntó si se refería a un latte.

—Aquí lo único que late es el bolsillo —dijo y dado que no obtuvo respuesta, añadió—. Lo que sea, pero con leche de soja.

Después encargó dos cruasanes calientes con jamón y queso.

Durante la espera, dio un vistazo a su alrededor y estudió el entorno. Aquel sitio no era para personas como él. El lugar olía bien y el personal que trabajaba era joven, simpático y parecía estar contento con lo que hacía. Era como si estuviera prohibido tener un mal día. Nada que ver con la sequedad tabernera de muchos camareros de la ciudad, ni con el aplomo de estos a la hora de servir la comanda y tirar cervezas.

Con el pedido en una bolsa de papel y veinte euros menos en la cartera, salió del local y puso rumbo al despacho. Cuando metió la llave en la cerradura, sintió la fragancia de la chica en el pasillo del edificio. Comprobó la hora. Eran las nueve de la mañana y por el perfume que había dejado en la entrada, sospechó que acababa de llegar. Siempre lo hacía antes que él, aunque nunca sabía cuándo.

***

Empujó la puerta y la vio sentada frente al viejo monitor del ordenador. Aquella jornada, Marla se había recogido el pelo en una coleta y había cambiado la falda por unos vaqueros ajustados. Su cara, pálida y sedosa, recién embadurnada de cremas y maquillaje. Sus ojos, brillantes y azules como el Mediterráneo, se clavaron en él cuando lo oyó cruzar el umbral.

—¡Buenos días! —dijo él y le mostró la bolsa de papel con el logotipo de la empresa, a modo de bandera blanca—. Espero que sigas en ayunas.

La secretaria arqueó una ceja.

—Es por lo de ayer, ¿verdad?

El detective se acercó a su escritorio, dejó la bolsa de papel y se quitó el Barbour. Después regresó a la mesa, cogió su café y el cruasán que le pertenecía.

—La leche es de soja —señaló y suspiró—. Disfruta antes de que se enfríe. ¿Has traído el periódico?

—Lo tienes en tu escritorio —dijo, destapó su café y lo olió para asegurarse de que él no había vuelto a cometer un error—. Gracias, pero no tenías por qué... Si crees que con esto...

—¿Llamó alguien después de la visita de Berlanga?

Ella zarandeó la cabeza. Cambiar de conversación y mostrar indiferencia era su forma de evitar las disputas.

—No.

—¿Y esta mañana?

—Nadie.

—Mejor —dijo, se rascó el mentón y abrió la puerta de su despacho. Dejó el desayuno sobre el escritorio y vio unas velas de color rojo junto al diario—. ¿Y esto?

Marla giró el cuello.

—Son velas aromáticas para ahuyentar las malas vibraciones.

—¿Desde cuándo hay mala vibra aquí?

—También eliminan el mal olor.

—Que sepas que me ducho a diario.

Ella suspiró, cansada.

—¿Por qué no puedes limitarte a ser agradecido? —preguntó y le dio la espalda.

Apartó las velas y desdobló el diario. La noticia de un titular le llamó la atención.

—Tengo la impresión de que voy a estar ocupado unos días —dijo en voz alta—, así que, si telefonea alguien que no sea Berlanga, ponlo en lista de espera.

Necesitaba relajarse, encontrar el equilibrio. Odiaba la incertidumbre del futuro.

—¿Qué quería el inspector? —preguntó la chica, asomando por la puerta.

Maldonado cerró los párpados y suspiró.

—Lo de siempre... Un favor.

Ella lo miró con el ceño fruncido, apoyada en el marco de la puerta con el cruasán mordisqueado en una mano.

—¿Me lo vas a contar?

El detective aguardó unos segundos. ¿Debía hacerlo?, se preguntó. No quería mezclarla en ese asunto. Al menos, por esa vez, se dijo.

Bordeó el escritorio, se sentó en su silla negra de oficina y la miró de frente, en la distancia.

—Hay un policía que viene a la ciudad. Berlanga quiere que sea su guía turístico.

—¿Conocido?

—No. Un viejo amigo suyo.

—¿Y te lo ha pedido a ti?

—Le debo unos cuantos favores... Como si me pide que lleve a su familia de vacaciones. No estoy en posición de negociar.

—Serás muy bueno en tu trabajo, pero mientes fatal.

Maldonado carraspeó.

—¿Está sabroso el cruasán?

—Sí —asintió con la cabeza—. Muy rico, gracias.

—Entonces, ¿me vas a ayudar con el caso de la señora García?

La simpatía se esfumó del rostro de la chica.

—Lo sabía... —dijo, dio media vuelta y regresó a su escritorio—. Ni en tus sueños, Javier.

Él sonrió, agarró el diario y contempló la portada con atención.

«La Policía encuentra al asesino después de que una vidente ofreciera su ayuda en televisión».

«Madre mía, cómo está el mundo».

Volvió a mirar el teléfono, pero este no sonaba. Aguardaba la llamada del inspector como un niño sus regalos en la noche de Reyes Magos.

Abrió el diario y pasó las páginas en busca de las noticias de actualidad. No encontró nada de interés y se fue directo a los deportes. Revisó el apartado futbolístico y leyó por lo que decían del Atlético de Madrid. Continuó pasando las páginas, topó con la sección meteorológica y vio el horóscopo por encima. Él siempre descartaba esa parte, pero sintió la tentación de leer su signo.

—¿Marla?

—¿Sí?

El detective dobló el diario.

—¿Qué piensas del zodiaco?

Ella se encogió de hombros.

—¿Es una pregunta trampa?

—No.

—No sé... Tiene sentido lo que dice.

—¿De veras? —cuestionó, frunciendo el ceño—. ¿Cuál es la base científica de todo esto?

—No todo tiene una base científica, Javier.

—Así que crees en lo que dice.

—¿Por qué no?

—¿Crees en Dios?

—¡Sabía que dirías eso!

—Demonios... No entiendo qué os pasa a los jóvenes.

—Todavía es martes, así que no voy a discutir contigo. Si me necesitas, estaré en mi escritorio.

«El mundo se va al carajo», comentó para sus adentros y, por último, revisó la sección de contactos. La página de anuncios clasificados era un popurrí, ya obsoleto en los tiempos que corrían, de negocios pequeños, prostíbulos, masajes eróticos y casas de citas.

«Aquí estamos», dijo, señalando el rectángulo por el que había pagado.

De pronto, Marla apareció por la puerta y él cerró el periódico para que no supiera qué estaba mirando.

El rostro de la chica lo alertó de una visita.

—¿Qué ocurre?

—Alguien pregunta por ti.

—¿El marido de la señora García?

—No —dijo, confundida.

—¿Se ha presentado?

—Tampoco. ¿Le digo que pase?

Aquello no le dio buena espina, aunque Marla no parecía asustada.

Antes de que respondiera, notó la sombra de un tipo de espalda ancha que abordó a la secretaria por detrás. Cuando ella lo vio, se apartó para dejarle pasar.

Entró con unas gafas de aviador puestas. Llevaba el pelo corto y las canas comenzaban a poblar los laterales de su cabeza.

Maldonado le dio un vistazo de arriba abajo, estudiando su postura corporal. Tenía planta, demasiada confianza en sí mismo y una actitud altiva, reservada y poco habitual. Vestía una chaqueta de cuero oscura que encajaba con ese aire a Bruce Springsteen que desprendía. Se fijó en cómo la secretaria lo miraba con cierta lascivia. Y eso no le gustó. El desconocido era corpulento, al menos, más que él, y parecía haber trabajado su físico con ejercicio.

Ese hombre no necesitaba presentaciones.

—¿Javier Maldonado? —preguntó con voz grave, seca y directa, quedándose en el umbral del despacho.

—Depende de para quién.

—Soy el inspector Rojo, de la Brigada de Homicidios de Alicante —aclaró, miró a un lado y encontró los ojos de la secretaria, que se derretían con su presencia. Después regresó a él—. Berlanga me ha hablado muy bien de usted.

Maldonado asintió con la cabeza.

—Sí... No lo pongo en duda... ¿Un café?

7

Los siguientes minutos se hicieron tan largos como un día de ayuno. La tensión era palpable en el interior del despacho y Marla podía sentirla. Nunca había notado tanta testosterona junta en los cincuenta metros cuadros que componían la oficina.

Por alguna razón, el inspector Rojo le resultó un tipo de lo más hermético, por lo que sospechó que guardaría más de un oscuro secreto. Ese detalle le agradó, pues no encajaba con los policías de manual con historiales ejemplares. Tal vez, Berlanga fuera la excepción, o pretendía serla.

—Sinceramente, no le esperaba tan pronto... —arrancó el detective—. Berlanga me dijo que me avisaría de su localización para ir a recibirlo.

Rojo sopesó el comentario.

—Espero no haber interrumpido su jornada.

—En absoluto. ¿Larga trayectoria?

—Cartagena y Alicante.

—¿Siempre en Homicidios?

—No.

—Recuerdo a alguien de Cartagena... Un tal Gutiérrez. ¿Le suena?

El inspector negó con la cabeza.

—No coincidí con él.

—Asuntos Internos le abrió un expediente.

—Como a usted. Veo que tenían puntos en común.

—Y yo que se ha puesto al día.

—No me importa lo que haya hecho para acabar aquí, pero he estudiado su historial. Me gusta saber con quién trabajo.

—Vaya, a mí también. Hábleme de usted.

—Ya sabe todo lo que necesita.

La respuesta no le gustó al expolicía. No le importaba quién fuera aquel tipo, ni tampoco le imponía su presencia. Si quería que su relación funcionara, antes debía marcar ciertas reglas.

—La verdad es que no. Berlanga no me contó gran cosa —contestó, juntó las manos y se inclinó hacia él, desde el otro lado del escritorio—. Verá, si quiere que le ayude, vamos a llevarnos bien. No sé cómo hará las cosas por la costa, pero esto no es Alicante, ni tenemos la comisaría a nuestra disposición para entrar y salir cuando queramos...

—Comprendo.

—Entonces entenderá que no soy un colaborador del Cuerpo —prosiguió—. Aquí hay muchas comisarías, muchos policías y muchos ojos vigilando. Si está sentado en mi despacho, es porque le estoy haciendo un favor personal a un amigo.

—*Collons*... Por fin empieza a sonar como un policía.

—¿Qué diablos?

El teléfono timbró, irrumpiendo en la conversación. Era Berlanga y llegaba tarde al encuentro.

—Sí, está aquí —dijo Maldonado al teléfono, mirando de reojo al hombre que tenía delante. Por su parte, Rojo se mostraba relajado. Parecía divertirse con la situación—. ¿En el Palacio Real? ¿No hay otro lugar más vistoso? Sí, sí... no hay problema. Allí estaremos.

Después colgó y dio un suspiro.

—Era el inspector. Quiere reunirse con nosotros.

—Será un placer.

El detective cruzó la puerta y se dirigió al perchero para coger el Barbour.

Los ojos de Marla se despegaron de la pantalla.

—¿Os vais?

—Pero volveremos —dijo el detective—. Recuerda lo que te he dicho antes.

—¿Y usted, estará muchos días en Madrid? —preguntó la secretaria con interés.

—No lo sé.

—Lo justo y necesario, ¿verdad, inspector?

El policía miró de reojo a la chica, pero no sonrió.

—Me verá por aquí estos días, se lo aseguro.

—No te encapriches con él —susurró el detective a la secretaria y después se dirigió al invitado—. ¿Le gusta pasear?

—La verdad es que no —respondió Rojo, ajustándose la chaqueta de piel y caminando hacia la puerta—. Viajo siempre en moto.

El detective chasqueó la lengua.

—Pues lo siento mucho… El centro de la ciudad es un horror para el tráfico.

8

—·—

Le prometió al inspector que no caminarían demasiado.

«A esta gente de provincias todo le parece lejano».

Los dos hombres abandonaron el edificio y cruzaron la Gran Vía para dirigirse a la plaza de Santo Domingo. Desde allí bajaron por la estrecha y empinada cuesta que llevaba a la plaza del Teatro Real, evitando así la muchedumbre que recorría la calle Mayor.

Rojo caminaba tranquilo, con el semblante serio y atento a los movimientos que había a su alrededor. Por el contrario, el detective no prestaba la mínima atención a quien se cruzaba por su camino.

—¿Conoce Madrid? Le noto algo tenso.

—Nunca bajo la guardia —dijo y señaló a un muchacho que caminaba unos metros por delante—. ¿Ve a ese? Está buscando un bolso que robar.

El detective entornó los ojos y estudió al tipo.

—¿Cómo lo sabe?

—Los andares. Me cruzo con decenas de carteristas a diario por las avenidas principales de Alicante —respondió —. Aquí son más que evidentes. Se mueven como ratas en una alcantarilla.

Maldonado pensó que estaba tirándose un farol. De pronto, una pareja se aproximaba en dirección contraria. Ella miraba el teléfono. El bolso que llevaba encima estaba abierto. El ladrón se fijó en el detalle, aminoró el paso y se detuvo en la acera, fingiendo sentirse perdido. Era una presa fácil. La cuesta terminaba en la plaza de la Ópera y no había manera de cogerlo si corría deprisa.

Antes de que sucediera un accidente, Rojo se adelantó a la acción y provocó un tropiezo con el hombro.

—¡Vaya! Disculpa... —dijo, golpeándole en la espalda. El desconcierto permitió que la pareja continuara. Los ojos del chico se desviaron, mostrando el malestar con el inspector, pero no podía quejarse al respecto.

—¡Lleva cuidado!

—Sí —respondió, manteniendo la mirada—. Podría haber sido peor, ¿verdad?

El brillo de sus ojos lo disuadió. La rabia contenida era evidente en el chico. Maldonado se acercó a los dos para evitar el desastre. Contra ellos, poco tenía que hacer aquel pobre desgraciado, pero esa no era su forma de proceder.

—Aire, chaval... —dijo y chasqueó los dedos—, que la calle es muy ancha.

El chico espetó algo en otro idioma y siguió caminando, hasta que desapareció por un estrecho callejón perpendicular.

—Se lo he dicho. Hay que estar más atento, detective.

—Mire, Rojo... —dijo, haciendo un paréntesis en el camino—. Si queremos pasar desapercibidos, será mejor que se guarde estas cosas.

—Mensaje recibido —contestó, con una clara expresión de satisfacción.

Avanzaron hasta el Café de Oriente y el inspector valenciano se dispuso a hablar. La razón por la que estaba allí era una mujer desaparecida, ocho años atrás. Sus últimas pesquisas la llevaban a Madrid, pero por desgracia, no quedaba rastro de ella. Las cuentas bancarias, las propiedades y el contacto con su familia... todo había sido eliminado sin dejar rastro. Lo extraño para Maldonado era que la investigación seguía abierta.

—¿No archivan las denuncias en su tierra?

—No, mientras exista un indicio.

—Tal vez, esa mujer tuviera sus motivos... La vida da muchas vueltas.

Como él, Rojo afirmaba tomar muy en serio su trabajo. Aquel caso había llegado a convertirse en una cuestión personal. Desde hacía tiempo se centraba en las denuncias de personas desaparecidas, especialmente en las de mujeres. Con más o menos suerte, puso fin a largas y tediosas investigaciones. Pero un gran número de desaparecidas habían muerto antes de poder encontrarlas. Las causas eran variadas. La peor parte era entregar el mensaje a la familia. Muchas de ellas aún mantenían la esperanza de que la persona siguiera con vida.

—La mente humana no tiene límites —argumentó al pasar entre los setos que bordeaban el monumento dedicado a Felipe IV. Frente a ellos, quedaba la enorme plaza de Oriente y la pomposa fachada del Palacio Real—. Cuando se aferra a algo, es incapaz de creer en otra cosa.

—¿Por qué mujeres?

Rojo arqueó la ceja derecha.

—Ya tiene la respuesta. Usted se dedica a lo mismo.

—No, se equivoca —corrigió—. Yo no distingo. Sólo lo hago si creo que están vivas.

—Pero, en la mayoría de las ocasiones, no lo están.

—Parto con esa probabilidad.

Rojo suspiró. No parecía dispuesto a hablar más de la cuenta.

—Supongo que, durante un tiempo, también me aferré a una verdad que sólo existía en mi cabeza —explicó y miró hacia la cola que esperaba para entrar en el Palacio Real—. Me llevó años despertar del hechizo...

—Otro loco enamorado...

—¿Usted cree en algo, Maldonado?

—¿Yo? Claro. Todos lo hacemos.

—¿En qué, entonces?

—En el Atleti. Otra causa perdida...

***

Lo encontraron en el centro del meollo, entre la fachada de la imponente Catedral de La Almudena y el acceso a la plaza de la Armería del Palacio Real. Al fondo quedaba el paisaje seco a causa del invierno, de los jardines del Campo del Moro y una numerosa masa de turistas que se fotografiaban con él.

Berlanga, ataviado con su gabardina, inmerso en el derroche de belleza arquitectónica de la iglesia, esperaba como un turista más, la llegada de los sabuesos. La reunión debía ser privada, casual y discreta. Bajo su brazo, una carpeta de color verde donde guardaba la documentación que Rojo le había solicitado.

—A Berlanga no se le podía ocurrir un sitio más vistoso que este —comentó el detective, a medida que se acercaban a las inmediaciones de la iglesia.

—No lo veo mal —respondió Rojo—. Es un movimiento inteligente. Aquí, los que están se preocupan de otras cosas.

—Si usted lo dice...

Se acercaron al inspector, que los vio llegar a lo lejos y se saludaron con un intercambio breve de palabras.

—Ya veo que os conocéis —comentó, mirándolos a ambos—. Espero que sea el inicio de algo. ¿Todo en orden, inspector?

—De momento, no tengo queja.

Berlanga se dirigió a su excompañero con una mueca en el rostro, aprovechando que Rojo parecía distraído con el paisaje.

Después agachó la cabeza para murmurar algo.

—Lamento lo de esta mañana... Olvidé decirte que es un poco imprevisible.

—No me había dado cuenta... No te preocupes, ya sé quién pagará la comida.

—¿Y bien? —preguntó el inspector valenciano—. ¿Existe alguna hora del día en la que empiecen a trabajar en Madrid?

—Qué chistoso, el amigo...

—Sólo preguntaba.

—Una de callos con garbanzos y se le irá el salitre de la cabeza.

Los dos madrileños rieron, pero a Rojo no le hizo gracia.

—Relájese, inspector —aconsejó Berlanga—. Aquí nadie le paga las dietas... Dada la hora que es, estaremos mejor sentados, a cubierto y llenando el estómago. Seguiremos el encuentro en un lugar seguro.

9

Las nubes se despejaban del cielo y los rayos del sol de invierno alumbraban la plaza de la Catedral y la bajada de la calle Mayor.

Frente al enorme y antiguo palacio de los duques de Uceda, construido en el siglo XVII, donde residía la Capitanía General del Ejército, quedaba una de las casas de comidas más famosas de la ciudad: Casa Ciriaco. Este era un tradicional mesón castellano fundado en el siglo XX, famoso por su gallina en pepitoria, sus croquetas y por albergarse en el edificio desde el que se atentó contra el monarca Alfonso XIII, lanzando una bomba en un ramo de flores.

Cruzaron la puerta de madera roja de la entrada y se presentaron en la barra de zinc que recibía a los clientes.

—Inspector... —dijo uno de los empleados, quien parecía conocer a Berlanga—, pasen por aquí, por favor.

El camarero vestido de uniforme compuesto de chaqueta blanca, corbata y pantalón oscuro los dirigió a un comedor lleno de cuadros y mesas aún vacías y los llevó por unas escaleras que bajaban a una de las legendarias cuevas de ladrillo, restauradas como salones privados.

—Nunca me traes a estos sitios... —reprendió el detective.

—Es una ocasión particular —comentó y dejó la documentación sobre la mesa—. Conozco al encargado desde hace tiempo. La comisaría Centro se encarga de la zona... ¿Alguna vez ha estado en un lugar como este, Rojo? Esto es un pedazo de historia de la ciudad.

—Observo que existe una diferencia de influencias entre un inspector de provincias y uno de la capital —dijo y su rostro dibujó una mueca—. No se ofendan, ya me gustaría que fuera diferente.

Berlanga se encargó de la comida. Pidió una botella de vino tinto y varias raciones. El camarero tomó nota de la comanda y fue directo a por la bebida. Descorchó la botella de Laburdet, sirvió el crianza y se retiró para que los comensales pudieran conversar en privado.

—Salud —dijo Maldonado, alzando la copa. Los inspectores se unieron al brindis—. Y, ahora, dejémonos de cháchara y vayamos al grano.

***

Tras el primer sorbo, las cartas se pusieron sobre la mesa. Por fin, Maldonado comenzaba a entender de qué iba el asunto.

El interior de la carpeta, la cual Berlanga no había soltado hasta llegar al restaurante, contenía varias copias de las últimas denuncias sobre personas desaparecidas en la ciudad. Además, también tenía un contrato de compra—

venta que un matrimonio y una inmobiliaria habían firmado cinco años antes. El inmueble era una segunda planta de cuarenta metros cuadrados, ubicado en el barrio de Lavapiés. La propiedad, a nombre de Marta Robles Lucena, había sido vendida a un matrimonio de profesores.

—Ella es la razón por la que estoy aquí —explicó Rojo, revisando los escritos—. Antes de mudarse a Madrid, vivía en Alicante y estaba emancipada. Trabajaba como contable en un despacho y mantenía una relación formal con un chico de la provincia. Por desgracia, el amor terminó a causa de una infidelidad, poco antes de pisar el altar y supuso un mal trago para Robles... No lo superó y comenzó un episodio de tristeza. De la noche al día, cambió su relación con la familia. Primero, dejó de verse con las amistades de siempre... Más tarde, su entorno más cercano comenzó a notar una actitud inusual en ella.

—¿Cómo de extraña? —preguntó el sabueso.

—Dejó de salir por la noche, lo cual era normal, ya que la mayoría de sus conocidos vivían en pareja o estaban casados... No le dimos importancia a ese detalle. Sin embargo, poco antes de desaparecer, algunas personas confirmaron que tenía interés por los temas esotéricos. Esa fue la novedad.

—¿Víctima de una secta?

—Alicante es la provincia con más organizaciones de este tipo en el país. Sé de lo que hablo. Por detrás van Madrid y Barcelona. Desde el principio, descartamos que fuera víctima de una secta... Estas organizaciones operan de un modo paulatino... En el caso de Robles, su comportamiento fue atípico y errático.

Rojo miró a Berlanga, dio un sorbo a la copa y tomó aire. El camarero interrumpió la conversación y sirvió los primeros platos con pinchos de bonito con pimiento rojo, croquetas de merluza, huevos revolcones con chistorra y una cazuela de callos a la madrileña para compartir.

—Alguna razón tendrá para decir que no es una secta —comentó Maldonado.

—La única prueba que existe, es esto... —dijo y sacó un naipe del Tarot. En ella aparecía un sol sobre dos niños, el número dieciocho y *Le Soleil* escrito al pie—. Sus padres no tenían constancia de que Robles hubiera pedido ayuda...

—¿A una vidente?

—No lo sabemos... También tenemos constancia de un inmueble que compró en Lavapiés y que vendió poco después —continuó y sus ojos se fueron a los apetitosos platos que había frente a él—. Mintió a los de su entorno, diciéndoles que había encontrado un trabajo mejor y que le vendría bien comenzar de nuevo.

—¿Le importa si me la quedo? —preguntó el detective.

—Sí. Es una prueba. Si la necesita, me la pide.

—¿Y la familia no sospechó? —cuestionó Berlanga.

—No, en un primer momento. Robles se mostraba animada, pero poco después vendió el piso y también el vehículo que tenía a su nombre.

Maldonado chasqueó la lengua.

—No quiero desmontar su teoría, pero un cambio de aires es un acierto para muchas personas —explicó el detective—. Hace ocho años, un piso en Lavapiés estaba al alcance de un sueldo de provincias.

—Pero no tenía empleo, ni ahorros. El único dinero fue el que recibió por una herencia familiar que invirtió en el inmueble.

—¿Qué le hace sospechar de sus intenciones?

Rojo se mojó los labios con el vino. Berlanga escuchaba sin añadir ningún comentario, mientras rebañaba el pan en el aceite de los pimientos.

—Antes de abandonar la ciudad, su madre la sorprendió en Alicante con un hombre desconocido. Nunca había oído hablar de él y tampoco lo había visto antes, pero se alegró de que rehiciera su vida... Por lo demás, a Robles no se le había perdido nada en Madrid —explicó con paciencia—. No existían vínculos, ni amistades.

—Y la familia no ha recibido noticias de ella desde entonces.

—Sé lo que se pregunta, Maldonado... —comentó, sirviéndose una croqueta al plato y partiéndola por la mitad con el tenedor—. Cree que estoy buscando un fantasma.

Las palabras del policía pusieron al sabueso contra la silla. No le gustó el tono que empleaba para referirse a él y sospechó que intentara llevárselo a su terreno.

—Confío en mis corazonadas, pero también tiendo a equivocarme, aunque no lo reconozca en público.

—A lo que Rojo se refiere... —intervino Berlanga, rompiendo el silencio que había guardado. Con una mano agarró un documento de la carpeta y se lo entregó al detective—, es que el patrón se repite.

—¿De qué hablamos ahora?

La explicación lo confundió. Dejó el tenedor sobre el plato y dio un largo trago de vino para aclarar la mente.

—Marta Robles habría quedado en el olvido —dijo Rojo, con voz contundente—. De hecho, no sería de interés, si no fuera porque, hace unas semanas, una denuncia parecida llegó a la comisaría.

—Después de ocho años.

Maldonado revisó las fotocopias y las actas. Pensó que ese inspector sonaba muy convincente y estaba de acuerdo en que algo raro había en ese caso. Aún así, temía que estuviera perdiendo el tiempo en una investigación que acumulaba muchos años. La experiencia como policía le había demostrado que, en ocasiones, por el bien de la salud mental y el amor hacia uno mismo, hay capítulos que necesitan llegar a su fin. Aquel olía a uno de ellos. En el momento en el que el problema se volvía un asunto de favores sin el apoyo del Cuerpo, nada podía salir bien.

—Cristina Blanco —leyó en voz alta—. Treinta y cinco años, recién divorciada y en medio de una mala racha personal. Antes de desaparecer, confesó a una de sus amigas haber conocido a un hombre. Lo último que sabemos de ella... es un billete de tren con destino a Atocha.

—Intuyo que hablamos del mismo Don Juan.

—El único dato que une a las dos mujeres, es él. Sabemos que tenía una cicatriz bajo el ojo derecho.

—¿Realizaron algún retrato robot del sospechoso?

—Lo intentamos, pero fue inútil. Los recuerdos son inconclusos.

—¿Contempla el homicidio? —preguntó Berlanga, entrometiéndose de nuevo—. Debe de existir un motivo.

Rojo observó a los dos hombres sin pestañear. Por su actitud, era consciente de que la pregunta llegaría en algún momento. Tenía la respuesta preparada.

—Cristina Blanco también nos dejó un señuelo.

Rojo metió la mano en el bolsillo de los vaqueros, sacó la billetera y del interior extrajo un naipe que colocó en el centro de la mesa. Los dos hombres se acercaron para verlo con detenimiento.

El número VI encabezaba la carta. En el dibujo, desde lo alto, un ángel lanzaba una flecha a un muchacho de cabello rubio, acompañado de una mujer y de otro hombre que parecía entregarles el beneplácito por su unión. Al pie, una palabra: «Lamovrevx».

—*L'Amoureux...* —leyó Berlanga, en voz alta, tropezando con las sílabas—. ¿Existe algún significado entre los naipes?

—Parece que sí... —dijo Maldonado y alzó la vista hacia el valenciano—. ¿Mantiene alguna hipótesis por la que empezar?

—Una estafa enmascarada.

—¿Buscamos a un hombre que las seduce para dejarlas sin blanca?

—Creo que la misma persona está detrás de las dos desaparecidas... —explicó—, aunque sospecho que este individuo no opera solo. Es mi teoría... Tal vez tenga razón, detective, y sea tarde para buscar fantasmas... pero habrá valido la pena si logramos encontrar a esta con vida.

10

—·—

Dos cartas del tarot, eso era todo lo que tenían.

El encuentro transcurrió sin sobresaltos, con Berlanga recalcando lo exquisita que era la cocina de ese lugar y lo bien que sentaba un buen vino en invierno. El inspector se esforzaba agasajando al invitado, un detalle extraño que no pasó desapercibido para el detective. Cuando llegaron los postres, Maldonado se mostraba ausente y reflexivo. Su cabeza no dejó de trabajar mientras los dos hombres recordaban anécdotas del pasado. Berlanga y Rojo habían coincidido en más de una ocasión. Primero, en la academia de Policía. Más tarde, en una colaboración entre Madrid y Alicante. Con su forma de actuar, parecía que el madrileño le debía un gran favor. Uno de los no que se olvidan, pero de los que tampoco se mencionan. ¿Quién diablos era aquel tipo, para hacer que Berlanga se bajara los pantalones?, se preguntó el detective, removiendo el café con la cucharilla.

El inspector se hizo cargo de la cuenta, la cual había pagado en uno de sus viajes al servicio. Después se puso en pie para disculparse por la pronta retirada.

—Señores, ha sido un placer... pero debo marcharme —se excusó—. Me tienen para lo que necesiten, aunque preferiría que me contactaran por teléfono.

—Puedes estar tranquilo —respondió Maldonado—. No tengo la intención de dejarme ver por tu despacho.

—Sabía que dirías eso... ¿Inspector?

—Gracias.

—Encuentren a ese tipo —contestó, se puso la gabardina de color beige y subió las escaleras que llevaban al salón de la planta superior.

Rodeados de documentos, de vajilla sucia y de una botella de orujo de hierbas, Rojo juntó las manos y miró de frente al expolicía. Este notó la presión que el otro ejercía sobre él para que colaborara.

—Entonces, ¿me va a ayudar, Maldonado?

El detective comprobó el naipe.

«El enamorado».

—Ni siquiera sabe a quién buscamos.

—Tengo alguna sospecha.

—Soy todo oídos...

Rojo, que era más inteligente de lo que aparentaba, se ingenió la manera de empatizar con el tipo que lo escuchaba. Descorchó la botella de licor de hierbas y sirvió en los dos vasos chatos en los que habían bebido previamente.

—Como he mencionado antes, consideré la posibilidad de que estas chicas hayan sido víctimas de una estafa organizada —explicó, rascando las migas de pan que había sobre el mantel—. El modo de operar es idéntico al de las sectas y el perfil de las desaparecidas encaja a la perfección.

—¿Ha trabajado previamente en una investigación parecida?

—Más o menos. Hace unos años.

La pregunta sirvió para cuestionar su experiencia, pero la voz de Rojo era inquebrantable.

—Siga, por favor.

—Las captan, las engañan con algo mejor, con una solución a sus problemas... y después viene el desfalco económico —prosiguió con voz pausada y grave—. No les quitan nada, sino que las invitan a hacerlo. El grado de manipulación mental es tan profundo, que son las propias víctimas quienes toman la iniciativa para deshacerse de sus bienes. Si esto no funciona, utilizan la culpa y el miedo.

—Pero hablamos de mucho dinero.

—Lo lavan a través de otras empresas que tienen para ello. Todo se maneja en efectivo, los propietarios firman contratos leoninos y sus nombres desaparecen de cualquier clase de actividad legal.

—Antes ha mencionado que existe un patrón en las desapariciones de las dos chicas —apuntó el detective, regresando al tema anterior—. ¿Hay algo más? ¿O se refería al rasgo del sospechoso?

—Ambas víctimas sentían interés por el esoterismo. Que haya dos desaparecidas, no significa que no haya más personas estafadas.

—¿Y dónde están?

—Puede que sientan vergüenza o piensen que nadie las tomaría en serio.

—Entiendo... ¿Qué hay de los ocho años entre una denuncia y la otra?

—Un espacio de tiempo. Es evidente que no quieren llamar la atención.

—O que necesitan más dinero.

—Prefiero pensar que algo salió mal. Si no, no tiene sentido.

—O demasiado bien, al darse cuenta de que la Policía lo olvidaría.

—Es retorcido pero posible... Lo más duro es que todas las denuncias, excepto la de Cristina Blanco, han sido archivadas, dejándonos sin margen de acción... Poco se puede hacer cuando son mayores de edad e intentan perder el contacto con su familia de forma voluntaria... Pero eso no es cierto en este caso y es lo más peliagudo del asunto.

—Suponiendo que lleva razón en todo lo que dice.

—Sigue sin creerme, ¿verdad?

—Reconozco que no es fácil hacerlo. No estoy acostumbrado a estos casos.

—Mire, Maldonado, si encontramos a quien está detrás de las desapariciones, terminaremos de una vez con el sufrimiento de las familias, por no mencionar a las futuras chicas que podrían desaparecer —contestó, tensando su tono de voz. No le agradaba la negativa del expolicía—. Me niego a quedarme quieto, sabiendo que cada equis años, alguien cometerá otro crimen con la seguridad de que no le pasará nada.

—Hasta que pase. Siempre ocurre. Se confían demasiado y cometen un error.

Rojo alzó el mentón, desafiante.

—¿Y cuántas vidas habrá que quebrar para que llegue ese momento?

La pregunta alcanzó al detective, dando donde más le dolía. Le hubiese gustado responder que ya no era policía, que sus asuntos eran otros y que le deseaba la mejor de las suertes para encontrar a esas chicas. Pero no podía. Berlanga le había pedido un favor y, aunque no creía en la teoría de aquel inspector obsesionado, debía darle un poco de maniobra hasta que se convenciera de que perdía el tiempo.

Entre la pesadez de la comida, el vino que corría por su sangre y el licor de hierbas sintió las ganas de dormir una buena siesta. Pestañeó, se sirvió un poco de agua de una botella intacta y sació la sed.

—Está bien. ¿Por dónde quiere empezar?

Rojo sonrió. Después abrió su billetera y le mostró dos notas plegadas del interior. Estaban escritas a mano.

—He conseguido dar con la dirección del apartamento que compró Marta Robles en Lavapiés —respondió señalando la nota con el índice—. Es un principio. Tal vez alguien nos pueda decir algo sobre la persona que se encargó de la gestión.

—Es probable que esa inmobiliaria ya no exista.

—No importa. Es un comienzo.

—¿Qué más?

En la segunda nota había anotado información relacionada con la mujer y con su vehículo.

—Aquí entra usted.

Maldonado levantó una ceja.

—Hace rato que Berlanga se ha ido y llevamos media botella de orujo. Podemos ahorrarnos las formalidades...

Rojo aceptó.

—Está bien... Necesito que hables con alguien de la Jefatura de Tráfico.

—Pides demasiado...

—Sabemos que el coche se vendió a un salón de automóviles de segunda mano. Cualquier movimiento nos será de utilidad.

Maldonado asintió con la cabeza mientras guardaba la nota.

—Haré lo que pueda... —dijo, sin volcar demasiada esperanza en sus palabras—. Si quieren deshacerse del rastro, es tan sencillo como llevarlo a Marruecos, venderlo allí y traerlo de vuelta. Cuesta menos de lo que parece.

—Comprueba qué pasó con el vehículo.

—Lo intentaré.

Cuando abandonaron Casa Ciriaco, el cielo estaba despejado y la brisa era gélida. Caminaron de regreso hacia la plaza de Oriente. Maldonado sacó un *light* y le ofreció otro a Rojo, pero este lo rechazó.

—Fumar *light* es como encenderse un regaliz —dijo, echó mano al interior de su chaqueta de cuero y cogió un paquete aplastado de Fortuna. Después le dio un golpe trasero y sacó un cigarrillo arrugado—. ¿Me das fuego?

—Y fumar eso es como aspirar el carbón de las vías del tren. ¿Tan duro es vivir en el Levante?

Rojo soltó una bocanada y contempló el esplendor del Palacio Real.

—Tenemos trabajo por delante —dijo, sin dirigirle la mirada—. Pasaré por el despacho mañana a primera hora.

—Sin problema —respondió y miró en la misma dirección que el inspector—. Por cierto, ¿dónde te hospedas?

—Hasta entonces, detective.

Cuando Maldonado se giró, el policía había desaparecido de su campo de visión.

«¿De qué va este impresentable?», se preguntó, estupefacto.

Comprobó la hora. Aún quedaba tarde por delante, aunque no tuviera ganas de seguir con ella. Apuró el cigarrillo, ante la presencia de los turistas y de los agentes de policía que se movían a caballo por las inmediaciones del palacio. Después tomó rumbo hacia la plaza de la Ópera para regresar al despacho, reflexionando sobre la impresión que le había dado ese policía.

«Con esto, hemos saldado todas nuestras deudas, Berlanga».

Y en una discusión interna y silenciosa llena de murmullos, quejas y reproches, el detective se mezcló con la muchedumbre de la calle Mayor, dejándose llevar por la marejada humana que transitaba el centro a esas horas.

11

Alguien lo esperaba en el interior del despacho.

Marla le hizo un gesto con el índice para que guardara silencio.

Se levantó de su escritorio, entornó la puerta de la habitación contigua y se dirigió al detective.

—¿Quién está ahí? —preguntó él, en voz baja.

La vista no le alcanzaba para reconocer a la persona que estaba de espaldas, pero estaba seguro de que era una dama.

—Es la señora García. Ha venido por lo de su marido.

«Santo Cielo, lo que me faltaba».

Se quitó el Barbour y se lo entregó a la muchacha.

—¿Lleva mucho esperando?

—Una hora —respondió—. Ha dicho que no se iría hasta que hablara contigo.

—¿Y si me llego a morir?

Ella puso los ojos en blanco.

—¿Qué le vas a decir, Javier?

—La verdad y nada más que la verdad.

—¿Has cambiado de idea?

—No.

—Te odio... —murmuró—. Ni se te ocurra...

—Hablaremos de eso más tarde... —respondió y avanzó hacia el cuarto. Al abrir la puerta, la mujer se sorprendió al verlo.

—¡Señor Maldonado!

—Señora García... —dijo, guardó el cenicero y la prensa en un cajón y se sentó en la silla de oficina. La vio desde lo alto. Iba demasiado arreglada para una visita como aquella. La mujer no era de su tipo, aunque sacaba a relucir su atractivo. Primero se preguntó si estaría viendo a un amante. Después, si se había vestido así para verlo a él.

Clavó los codos sobre el escritorio y se centró en ella.

—No recordaba que tuviéramos una reunión esta tarde.

—Y no la teníamos, pero... pasaba por aquí.

—Comprendo.

—¿Lleva mucho esperando?

—No, unos minutos. Acabo de llegar.

—Mejor, entonces... —dijo, carraspeó y abrió la ventana para que corriera el aire—. ¿Le importa?

—Está bien.

«Si no lo hago, moriré ahogado por su empalagoso perfume».

—Viene por su marido, ¿cierto?

—En parte, sí.

—¿Y en la parte que no?

La mujer se sonrojó. Logró hacerla sonreír, y eso que parecía una persona seria.

—No sé, creo que me he precipitado con todo esto... —comentó, activando las alarmas del sabueso—. Desde ayer, mi marido parece ser el de siempre... otra vez. No sé qué ha ocurrido, tal vez un milagro... Como si, después de que yo hablara con usted, nos hubiera escuchado.

—Es pronto para hacer un juicio sobre la situación. Además, señora, sigo trabajando en ello...

—Pero no tiene pruebas.

—No quiero sacar falsas conclusiones.

—Creo que mi esposo estaba pasando una mala racha. Es muy orgulloso para reconocerlo en casa.

«Será desgraciado. Ese cretino me hará perder una nómina».

—Déjemelo a mí, conozco estas situaciones —insistió—. Puede que se haya dado cuenta de que lo siguen y por eso esté actuando así. Recuerde que usted es quien desconfía de él... y no al revés.

—Lo entiendo, lo entiendo... pero compréndame, detective —respondió la mujer, segura de su decisión—. Puede que el amor, o lo que sea que es, se haya diluido en el matrimonio con el paso de los años... Eso no es lo que me asusta. Más bien, miro por mi hija, por mi esposo, por la estabilidad familiar y me preocupeo de que ninguno de los dos se meta, ya sabe usted, en algo escandaloso...

—Le importa lo que su entorno diga, ¿cierto?

Ella agachó la mirada y dirigió los ojos a la estantería de libros vacía.

—Hay demasiada crueldad, como para tener que soportar la de otras personas.

—Sé a lo que se refiere. Le propongo algo.

—Le escucho —dijo, complaciente.

—Deme una semana más y le daré lo que tenga sobre su marido —explicó, convincente—. Si no saco nada en claro, seré transparente con usted.

—¡Ay, detective! Sabe cómo convencer a cualquiera.

—Es mi trabajo.

—Ni que decir tiene que, después de esto, podemos seguir manteniendo el contacto...

Maldonado levantó una ceja. Esa mujer se le estaba insinuando sin ningún tipo de pudor. Lo más grave era que Marla lo estaría escuchando todo, al otro lado de la puerta. Cuando la cliente se fuera, tendría que soportar sus bromas.

—Por supuesto, señora García. Siempre que necesite mis servicios —dijo, se levantó y le ofreció la mano—. Una semana y averiguaremos quién de los dos tenía razón. No le pido más.

La mujer extendió su brazo y le estrechó la mano sin apartarle los ojos.

—Es usted excepcional.

—Y usted encantadora.

La mujer se despidió con un gesto de mano y abandonó el despacho tras recoger el abrigo que Marla le había guardado. En la papelera, Maldonado encontró el vaso de cartón con café —ahora frío— que había comprado por la mañana. Lo recogió, quitó la tapa y comprobó el contenido. Estaba vacío. Sacó la botella de whisky del cajón y vació el último chorro en el recipiente.

—Dios... —lamentó, mojándose los labios con el segoviano.

La señora García lo había dejado sin oxígeno y su marido le estaba recortando las ganancias mensuales.

«Si quieres paz, prepárate para la guerra, listillo», reflexionó en silencio, recordando la cara encarnada de aquel tipo en el cuarto de juegos.

Comprobó la hora y pensó que era demasiado tarde para llamar a la oficina de Tráfico. Los empleados sólo trabajaban hasta las tres de la tarde, así que tendría que hacerlo a primera hora de la mañana. Con un poco de suerte, Pilar, una vieja amiga funcionaria, que había pasado años antes por la oficina de documentación y pasaportes, le facilitaría la información que necesitaba. Tan sólo deseó que no hubiera rastro del coche, del concesionario y de la propietaria.

Recostado en su silla, la vio de lejos, acercándose a la puerta como una araña acechando a su presa en la tela. Conocía esa expresión y la intención que llevaba en ella.

—Es usted excepcional, señor Maldonado... —dijo con voz burlona, imitando a la cliente—. Sabe cómo convencer a cualquiera... ¡Ji, ji, ji!

Él aplaudió tres veces sin ganas.

—Bravo —respondió—. ¿Ha terminado la función? Perfecto.

Pero Marla no cedía a sus desaires.

—¿Cómo lo haces?

—Pensando en el dinero que puedo perder.

—Me refiero a seducir a tus clientes —aclaró—. Se te da tan bien aquí y tan mal fuera...

—No cago donde como.

—¡Por Dios, Javier! No puedes ser más vulgar...

—Ya no sé qué hacer para que me dejes tranquilo.

—Además, no le has contado la verdad.

—No.

—¿Una semana, para qué, para chantajear al marido?

—Por ejemplo.

—No me parece profesional.

—¡Ni a mí! Ese desgraciado se me ha anticipado al cobro.

—En fin... Tú sabrás. ¿Cómo ha ido con el inspector?

Él sonrió, dio otro sorbo y la miró a los ojos.

—Te ha gustado, ¿verdad?

—Te mentiría si dijera que no.

—Prefiero que no me digas nada —contestó, pensativo —. Es un tipo singular.

—Para ti, todos son extraños, menos tú, claro...

—No, todos no —matizó—. Este hombre lo es, como también lo son los chicos con los que sales a veces... pero Rojo es de otra manera, de la mala.

—Me preguntó qué pensarás de ti cada mañana frente al espejo... —contestó, enfadada, cruzó los brazos y apoyó la cabeza en el marco de la puerta—. Entonces, ¿vais a trabajar juntos?

—No —dijo y la chica reaccionó confundida—. Le daré un poco de libertad, veinticuatro horas más... Después, él solo se dará cuenta de que está buscando una aguja en un pajar de cemento...

—¿Es una metáfora?

—En fin, tú me entiendes. Está convencido de que aquí cerrará su investigación.

—Si lo cree, por algo será. Es policía, como tú.

—Como yo, no... porque ya no lo soy —dijo, con sorna, pero a ella no le hizo gracia el comentario—. Tiene una obsesión y en eso se parece a mí en el pasado. Ha unido indicios que, desde mi punto de vista, casi no tienen relación y cree que esta vez logrará salvar a la chica desaparecida.

—Entiendo... Una mujer está en peligro, pero tú tienes asuntos más importantes que solucionar.

—No me gusta ese sarcasmo de tu voz. Además, seamos realistas.

—Ya veo. Demasiado optimismo para un hombre tan nihilista como tú.

—¿Tan qué?

—Nada —dijo y se acercó a él bordeando el escritorio. Después le quitó el vaso de las manos y lo dejó en la papelera—. Ese pobre inspector ha pinchado en hueso contigo.

—¿Qué te voy a contar? Ya sabes cómo termina la historia. La suya, la mía... todas tienen el mismo final.

—Quizá esa mujer espera que el suyo cambie —dijo, mientras lo rodeaba por detrás y le daba una palmada en el hombro—. Vete a casa y descansa. Yo cerraré la oficina. Seguro que mañana lo verás todo de otro color.

—Tienes razón, Marla... No sé qué haría sin ti.

—Yo sí.

—Lo digo en serio.

Ella sonrió.

—Y yo, Javier.

—Por eso sigues aquí, ¿verdad?

—Muévete, anda.

El detective se levantó, agarró su chaqueta y abrió la puerta de la oficina. Antes de marcharse, se dirigió a la secretaria, que había regresado a su escritorio.

—¿Estarás bien?

Ella lo observó confundida y se encogió de hombros.

—Sí, como siempre.

—Claro —dijo y sintió una ligera y absurda preocupación por ella. Las palabras de Rojo habían calado en él más de lo esperado. De pronto, pensó en esas chicas desaparecidas y reflejó su tristeza en Marla. La idea de que pudiera ocurrirle algo así, le removía las entrañas. Algún día le expresaría todo lo que pensaba y sentía sobre ella, se dijo, pero ese día ocupaba un futuro muy lejano en sus pensamientos. De hacerlo, su relación cambiaría y la perdería para siempre—. Hasta mañana.

—Adiós, Javier.

«Adiós, Marla».

12

—·—

Día 2.

Miércoles.

Había pasado una noche terrible. La mezcla de
emociones con bebidas espirituosas lo desveló por
completo.

Se levantó de madrugada, a las cuatro de la mañana, con
la oscuridad reinando en la calle. Se dio una ducha fría,
preparó café y abrió la nevera para comprobar qué podía
echarse al estómago.

«Nada», pensó, y decidió esperar hasta que el bar de la
esquina abriera.

Cuando el café comenzó a hervir en la moka, lo sirvió en
una taza roja y apagó el fuego. Después cruzó la cocina
americana que conectaba con el comedor, se sentó en el
sofá, abrió el ordenador portátil y lo encendió.

El aparato, robusto y viejo hizo un ruido al iniciarse. Él
no era un aficionado a la tecnología. De hecho, sobrevivió
muchos años sin ella, pero los tiempos cambiaban y no

quería quedarse estancado en la vida en blanco y negro. Cuando la pantalla le mostró el escritorio, abrió el navegador y se conectó a la Red. Con el café en la mano y una lámpara auxiliar encendida, buscó los nombres de aquellas chicas en el ciberespacio, sin fortuna alguna.

Rojo tenía razón. No había rastro de ellas.

La Red no olvida, pero sepulta cierta información si se pone empeño en ello.

Con el segundo café ya servido, notó los primeros rayos del sol entrando por la ventana. Sería un día soleado, pensó al ver la fuerza de la luz invernal. Encendió el primer *light* de la mañana, todavía sentado sobre el sofá del diminuto salón y comprobó que habían pasado tres horas sin que se diera cuenta.

A las siete y media decidió que era un buen momento para salir a la calle y pegar bocado.

La Taberna del Príncipe, el bar de la esquina que servía desayunos a los vecinos de la estación de Príncipe Pío y a los operarios de la zona, estaba a rebosar. Pese a la fría mañana, algunos disfrutaban de sus primeros tragos de anís en la calle, apoyando las copas en las repisas de las cristaleras, mientras llenaban los pulmones de nicotina y alquitrán.

—¡Buenos días! —saludó al entrar. Una de las camareras le respondió y él se abrió un hueco en la barra—. Un café bien fuerte, por favor.

—¿Carajillo?

—No, hoy trabajo.

—Y al estómago, ¿qué le damos?

—Pues ahora que lo dices... —comentó y miró la vitrina. Los pinchos de tortilla de patatas salían calientes de la cocina. Todavía no estaba recompuesto para meterse una ingesta de tal tamaño, pero había quien sí lo necesitaba—. Mejor un par de churros. Con eso basta.

—Marchando.

La mayoría de la clientela del interior eran hombres. Uno leía el periódico del día, otro jugaba a la máquina tragaperras y otros desayunaban comentando el fútbol.

Levantó la vista hacia la televisión. Dos presentadoras jóvenes daban las noticias de la mañana. Política, enfermedades y aumento del desempleo. Nada nuevo en casa, pensó.

Después dieron paso a la meteorología, avisando de que se esperaba una bajada de temperatura en los próximos días.

—Lo que nos faltaba... —comentó alguien.

El informativo dio paso a la publicidad. Pegó un sorbo al café torrefacto y se echó un pedazo de churro grasiento a la boca. Uno de los anuncios captó su interés. Era de un programa de televisión de la misma cadena. Uno de esos espacios de entretenimiento al que acuden actores de bajo caché para hacerse pasar por personas reales. En el spot publicitario, una pitonisa llamada Madame Fournier aparecía en un plató con una presentadora y junto a un matrimonio de edad avanzada.

«Un momento, esto me suena».

Había leído la noticia sobre aquello en el periódico. Esa mujer había ayudado a la Policía para encontrar un cadáver. Sin embargo, no esperó aquel teatro infame en la pantalla.

—No me jodas, *tronco...* —dijo el tipo que estaba jugando a la máquina—. Voy a llamar yo a la Madame Fournier, a ver si me ayuda a encontrar empleo... Desde que lo perdí, no levanto cabeza...

—Si quieres, te digo dónde está, Manuel... —respondió otro, riéndose.

—En la oficina del paro —añadió un tercero.

Los tipos carcajearon. La camarera miró al inspector, negando con la cabeza y este levantó los hombros, como si no formara parte de aquella pintura costumbrista.

—Dime que te debo, si eres tan amable.

A las ocho y media, pagó la cuenta del desayuno dejando unas monedas de propina y salió de la taberna, protegiéndose el cuello con la bufanda. Sacó el teléfono y tomó rumbo a la oficina por la calle de Ilustración.

—¿Sí? —preguntó una voz alquitranada al otro lado del terminal—. ¿Quién es?

—Pili, soy yo, Maldo.

—¿Javier?

—Así me llama mi madre... y mi secretaria.

—Vaya, vaya... Espera un momento —dijo y lo mantuvo en espera unos segundos. Él sospechó que estaba trasladándose a un lugar más privado—. ¿Pero sigues vivo, muchacho?

—Mala hierba nunca muere, Pilar.

—Pues ya podrías haberme hecho una visita, ¿o qué?

—Dejaste el centro para irte a una zona de ricos... No me lo reproches.

—Mira, guapo, tienes un morro que te lo pisas... Además, a todos nos gusta prosperar, en la medida que nos dejan.

—Siempre te he considerado una mujer con ambición. No me falles nunca, Pili.

—¡Anda! Déjate de rodeos y dime qué necesitas, que ya te conozco.

Maldonado sonrió. No la había echado de menos hasta ese momento.

Pilar era una de las pocas personas que no tenía pelos en la lengua a la hora de hablar, pero que sabía expresarse de tal modo, que no hacía sentir mal a nadie. Nunca descubrió cuál era su secreto para caerle bien a todo el mundo.

—Apunta por ahí... —indicó y esperó a que la funcionaria estuviera preparada—. Necesito la información que me puedas dar sobre esta mujer y esta matrícula. Es importante, aunque no habrá mucho que rascar.

—Deja que me encargue y te llamo más tarde —respondió y añadió—. ¿Quién es, una exnovia? Espero que no estés actuando como un despechado... porque, ¡ni hablar!

—Que no, mujer... Es para una investigación particular. La chica desapareció hace tiempo y es todo lo que tengo de ella. No te lo pongo fácil.

—En ese caso, veré qué puedo averiguar.

—Te debo una, Pili.

—Empieza por la visita e invítame a desayunar.

—Cuando quieras.

—Serás embustero... —respondió y colgó de golpe.

Él no lo tomó a mal.

Siguió su paseo hacia la Gran Vía, cumpliendo con la rutina matinal, cuando el teléfono vibró en el bolsillo del pantalón.

—¿Marla?

—Buenos días, Javier.

—¿Qué sucede? ¿Te encuentras mal y no vas a ir a la oficina?

—No. Es él. Está aquí.

El detective sintió cómo la digestión se le paraba.

—Él... ¿quién?

—El inspector Rojo —especificó en voz baja—. Acabo de llegar a la oficina y lo he encontrado en tu despacho.

—¿En mi despacho? ¿Qué diablos hace ahí?

Uno.

Dos.

Una descarga eléctrica recorrió su espina dorsal.

Pensó en destrozar a aquel tipo.

—No sé, Javier... —contestó, sorprendida—. Está ahí sentado, escribiendo en un cuaderno. ¿Le prestaste unas llaves? No recuerdo que me dijeras nada.

«Maldito desgraciado».

—Entretenlo, por favor, aunque no te costará mucho... Estoy de camino.

Cuando colgó, guardó el teléfono y gritó en medio de la Gran Vía madrileña. Los transeúntes se apartaron de él, como si fuera un lunático en pleno ataque de furia. Una vez descargada la impotencia, cerró los ojos y respiró hondo.

«Maldito provinciano... has ido a molestar a quien no debías».

13

Al empujar la puerta, las miradas de ambos se dirigieron a
él.

El inspector, todavía con la chaqueta de cuero encima,
hablaba con Marla, de pie, en un tono relajado y con la
distancia adecuada para no enviar señales equivocadas. En
sus manos, un vaso de cartón de la franquicia americana
que ocupaba los bajos del edificio. En una bolsa de papel,
sospechó que se encontraría el almuerzo.

«Además de un cretino, es un detallista».

—Buenos días, Maldonado —saludó el inspector,
levantando el café—. Pensaba que íbamos a madrugar.

—Hola... —dijo, seco y sin humor. Sus ojos se clavaron
en ella, que no sabía dónde esconderse—. ¿Y esto?

—El inspector Rojo me ha preguntado si había
desayunado y...

—Todo un detalle por su parte.

—Espero que no te moleste —explicó el policía—. No
me he olvidado de ti.

—Ni yo de ti —dijo, se quitó el Barbour y caminó hacia su despacho.

Sobre el escritorio no había nada más que un cuaderno y un bolígrafo. Ocupó su asiento e invitó al inspector a que pasara.

Después le pidió que cerrara la puerta y sacó el cenicero del cajón. Encendió un cigarrillo y abrió la ventana unos centímetros. A continuación colocó las dos velas sobre una balda de la estantería.

—Por fin le voy a encontrar utilidad a esto... —comentó y prendió las mechas.

Rojo se sentó en la silla de los clientes y observó sus movimientos.

—¿Todo bien? No parece que hayas dormido lo suficiente.

El detective tomó aire, le dio la espalda y exhaló el humo hacia el exterior.

—Escucha, Rojo. Si quieres utilizar mi despacho, me lo consultas y te presto unas llaves.

Sin verle el rostro, notó cómo soltaba una risa ligera.

—Así que es eso lo que te ha molestado...

Maldonado se giró y lo señaló con la punta del cigarrillo.

—No me conoces de nada —espetó, aguantando la bilis—. Podría denunciarte por esto.

Rojo escuchó, inexpresivo.

—Pues hazlo.

—O también podría volarte los sesos. Creo que lo disfrutaría más.

—Pues hazlo. ¿A qué esperas?

—Estoy a punto de mandarte al carajo.

—Lo siento, ¿vale? Tienes un buen despacho.

Las palabras desarmaron la coraza del detective.

—Ya, pero...

—Reconozco que me he excedido.

—La cuestión es que...

El teléfono móvil sonó en el bolsillo de su pantalón.

Con un gesto, Maldonado le pidió una pausa y atendió a la llamada. Rojo dio un sorbo al café.

—¿Pilar? Alégrame la mañana.

—No sé qué decirte, Maldo, pero esto es todo lo que he encontrado...

Agarró un bolígrafo y abrió el cuaderno de notas. Después apuntó el nombre de la empresa a la que había vendido el vehículo y el de su propietario.

—Eres un amor de persona.

—Suerte con lo que sea. No parece limpio.

—Gracias —dijo y colgó. El inspector esperaba impaciente—. Tráfico. Lo que me pediste.

Rojo comprobó el nombre de la empresa y el de la persona que estaba a cargo.

—Roberto Rubio. No me suena.

—Ni a mí, pero es lo que me pediste.

—¿Dónde queda el concesionario?

Maldonado tomó unos segundos para concretar la ubicación.

—Aluche, cerca de Campamento.

—Iremos primero a Lavapiés y averiguaremos lo que podamos sobre la vivienda —indicó Rojo—. ¿Dónde tienes aparcado el coche?

El detective echó la cabeza hacia atrás y apagó la colilla.

—¿Qué te hace pensar que tengo uno?

—No sé... No te veo subido a una moto. No eres de esa clase.

—Y tú, ¿sí?

—Me gusta sentir la adrenalina que produce la velocidad.

—Tiene miga el asunto... —comentó y se rio de la situación. Berlanga, tan correcto y formal, se lo había puesto fácil durante sus años en el Cuerpo. Pero Rojo era otro amargado como él y guardaba el humor de la vieja escuela—. Muévete, que se nos va la mañana.

14

Abandonaron el despacho y se dirigieron al barrio del detective. El coche se encontraba aparcado cerca del domicilio, en una de las callejuelas que bordeaban los bajos del Templo de Debod.

—¿Este es tu coche? —preguntó Rojo, señalando al viejo y sucio Volkswagen Golf negro—. ¿Funciona?

—Si no te gusta, puedes usar el metro —dijo, abriando el vehículo y señaló a la cúpula de la estación de Príncipe Pío, que se veía desde lo alto de la calle—. Ahí lo tienes.

Rojo entró sin añadir palabra, se acomodó en el asiento del copiloto y dio un vistazo al interior.

A sus pies encontró el envoltorio transparente de un emparedado.

Lo cogió con las puntas de los dedos y lo echó a la parte trasera.

—No suben muchas mujeres a este coche.

—Tengo una vida muy ajetreada.

Maldonado estaba acostumbrado a la soledad, a los trayectos individuales, al silencio del interior del vehículo cuando pisaba la carretera y a la banda sonora del radiocasete. Ahora, a su lado, tenía un tipo serio con pocas ganas de conversar.

A diferencia de Berlanga, que era un charlatán, Rojo abría la boca cuando era necesario.

«Créeme, Javier, que lo agradecerás con los días».

El vehículo se puso en marcha. Maldonado subió hasta la calle de Irún para bajar por Arriaza y tomar rumbo al paseo de la Virgen del Puerto y después hacia la puerta de Toledo. Conocía el recorrido de memoria. Lo había hecho tantas veces que no necesitaba fijarse en las indicaciones.

El tránsito de la mañana era el habitual: denso, molesto y lleno de conductores enfadados a primera hora del día.

El detective encendió la radio para poner algo de música que aliviara la tensión. El casete se activó, los riffs de las guitarras salían con estridencia por los altavoces laterales y Calamaro cantaba aquello de Alta suciedad, basura de la alta suciedad.

—No se puede confiar en nadie más… —tarareó Maldonado en voz alta, dando golpecitos en la rueda del volante. La música del Salmón le cambiaba el humor, pero Rojo no parecía animarse. Lo miró y bajó el volumen del estéreo—. ¿Tampoco te gusta? Es rock and roll.

—No está mal, pero agradecería un poco de silencio.

Maldonado giró la cabeza, lo miró por un instante y respiró hondo.

—¿Cuál es tu problema, colega?

—¿Contigo?

—No, en la vida. Está claro que tienes uno.

El tránsito se reanimó y el detective apagó la música para poner la radio. La emisora sintonizada daba el informativo de la mañana. Cruzaron la ronda de Segovia, bajo el contraste de las fachadas de principios de siglo XX, los toldos verdes del desarrollismo y los edificios de viviendas de ladrillo encarnado de la Transición. Una vez que pasaron la puerta de Toledo, el entorno cambió, como también sus gentes, a medida que se acercaban a la glorieta de Embajadores.

—Por suerte, el distrito ha cambiado un poco... a mejor, pero no demasiado. ¿Alguna vez has estado por aquí?

—Alguna.

—Entiendo —añadió mientras salía de la rotonda. De allí se veía la numerosa cantidad de furgonetas de reparto que taponaban la castiza calle del Tribulete, bordeando el mercado de abastos. Dejaron el coche en un aparcamiento y subieron andando por las angostas calzadas del multicultural barrio, mezclándose entre la gente, llamando la atención de los tenderos sin esfuerzo alguno. La mayoría de los establecimientos estaban regentados por asiáticos, árabes o pakistaníes, a excepción de las cafeterías modernas, los restaurantes vegetarianos y las panaderías ecológicas que montaban los jóvenes emprendedores de la capital y de los bares de toda la vida, dirigidos por habitantes locales del barrio, que resistían a los cambios de la época.

Por el aspecto de ambos, cada uno a su estilo, no era muy difícil para el resto, sospechar de sus intenciones. La placa de la Policía olía como si llevaran una trucha muerta en el interior del abrigo. Aunque Maldonado ya no perteneciera al Cuerpo, sus andares lo delataban.

—Es aquí —dijo el detective y señaló a uno de los balcones de la estrecha vía. Para sorpresa de los dos, la mayoría de las fincas estaban renovadas y mantenían un aspecto limpio y cuidado—. No era así como lo recordaba...

—Tiene toda la pinta de haber sido un pelotazo inmobiliario —comentó Rojo, mirando hacia arriba—. Fincas antiguas a precio de pena... Te enteras de que hay inversores interesados a medio plazo. Compras, vendes y sacas una buena tajada.

El detective tuvo un mal presentimiento. La teoría cuadraba. Según las fechas de la transacción, el barrio de Lavapiés aún no había iniciado su auge. Y Robles no encajaba con el perfil de tiburón financiero.

—Hablemos con los vecinos —dijo y se acercó al portal —. Tal vez nos puedan decir algo útil.

Buscó el timbre y tocó varias veces, sin obtener respuesta alguna. Entonces, la puerta se abrió. Un hombre viejo y arrugado, de pelo canoso y notable delgadez los miró con sospecha. Las piernas le flaqueaban, aunque podía caminar sin ayuda. La nariz de garfio recogía toda la atención de las miradas.

—¿A quién buscan?

—¿Vive aquí? —preguntó el inspector, haciendo su papel.

La presencia de los sabuesos rebajó la defensa.

—Lo hacía, hace muchos años... —dijo, manifestando malestar en su voz—. Me encargo de limpiar el edificio.

—¿Es usted el portero? —preguntó el detective.

—Soy el de mantenimiento, ¿quiénes son ustedes?

Rojo le mostró la placa.

El semblante del hombre se arrugó todavía más.

—Si es por lo del otro día, no tengo nada que decir... Pueden marcharse por donde han venido.

—Queremos hablar con los vecinos del tercero izquierda —intervino Rojo—. ¿Sabe cuándo vendrán?

—Ahí no vive nadie. Vendieron el piso, dos veces. Ahora buscan comprador.

—¿Recuerda quién vivía en él antes que ellos?

—Sí, claro... como para olvidarlo. La chica aquella... Pero eso fue hace mucho, como unos...

—Ocho años.

—¿De qué va todo esto?

El inspector sacó su teléfono y le mostró una fotografía de Marta Robles.

—¿La reconoce?

El hombre metió la mano en el bolsillo de la camisa y sacó las gafas para ver de cerca. Después inclinó el mentón hacia arriba. Sus dedos desgastados sujetaron el aparato.

—Sí, es ella. No tengo duda. Tiene mejor aspecto en esa foto —dijo y devolvió el terminal—. Parecía un cadáver cuando se mudó a esta casa... Vivió poco aquí, unos meses... Se fue antes de que vendiéramos el edificio... En aquel momento, nos pareció lo correcto.

Su expresión era una mezcla de tristeza e impotencia.

—¿Recuerda algo más sobre ella? —insistió Maldonado —. Es importante. Está desaparecida desde entonces.

La contestación impactó en el hombre, que se esforzó por buscar en su memoria.

—Sé que tenía un novio con el pelo largo. No vivía con ella, aunque dormía muchas veces ahí...

Rojo miró al detective.

—¿Recuerda algún nombre, algún detalle?

—Soy un viejo y mi memoria falla.

—Podría ser clave para encontrarla —comentó Rojo—. Esfuércese.

—Creo que se llamaba Julián.

—¿Tenía una cicatriz en el rostro?

—Sí. En un ojo... No recuerdo cuál. Se dedicaba a...

—Los coches.

—Eso es, sí...

El detective lanzó una mirada de reojo a su compañero.

—¿Nunca notaron nada extraño en ellos?

—Por supuesto que sí... —respondió—. Ella estaba siempre en casa y él iba hecho un harapo... Esa chica no estaba bien y él parecía aprovecharse de su voluntad... Un desgraciado, sin duda... Luego, los del bar Peyma me dijeron que se pasaba las tardes tomando pelotazos, a cualquier hora del día. ¿De dónde sacaban el dinero? Es mejor no saberlo.

—Julián, ¿qué más?

—No lo sé. Bastante es que recuerdo algo, pero la cervecería está al otro lado de la plaza. Pregunten allí.

Maldonado sacó la billetera y le entregó una tarjeta.

—Llámeme si recuerda algo más.

—Creí que era policía.

—Él sí que lo es.

Se despidieron y se alejaron del portal. Los dos pensaron en lo mismo. Con un poco de suerte, los del bar les aclararían dónde encontrar al sospechoso.

—No te crees la versión de ese hombre, ¿verdad? —preguntó Maldonado.

—Las personas se transforman en cuanto ven una placa. Se ven atrapadas por la culpa y mienten, aunque sean inocentes.

—¿Y tú qué sientes al mostrarla?

—Cuando sabes lo que la otra persona piensa en silencio sobre ti, dejas de prestar atención a los sentimientos.

15

Desde la barra, Rojo observaba con desdén cómo su compañero devoraba un pincho de tortilla de patatas.

—Por lo menos, tenemos dos nombres —dijo Maldonado empujando la tortilla con un pedazo de pan—. Ahora debemos averiguar qué los relaciona entre ellos.

—Lo que sea, pero date prisa... Estamos perdiendo el tiempo —señaló al ver que los camareros no respondían a su llamada—. Se nos nota a la legua a qué venimos.

—Lo estarás perdiendo tú... —dijo, limpiándose la boca con una servilleta de papel—. Además, hay mucho ladronzuelo por la zona. Nadie quiere problemas. Es como en los pueblos. Se protegen entre ellos.

—O se amenazan.

—Pues eso...

—¿Está buena? —preguntó, refiriéndose a la tortilla.

—Pasable. ¿Quieres probarla?

—No.

—Tengo un metabolismo acelerado... —dijo y sacó un billete de diez euros para pagar los cafés y el desayuno—. Verás que, con esto en la mano, ahora nos hace más caso...

La camarera se acercó para cobrar. Cuando fue a recoger el billete, Maldonado lo retiró de manera juguetona.

—¿Dónde están los dueños del bar?

—Si necesitas algo, me lo pides a mí —respondió ella con sequedad, que no parecía estar de buen humor. Después le quitó el dinero de las manos y se fue a la caja registradora.

—Dime que te suena un tal Julián... —respondió mientras ella sacaba el cambio—. Un tipo de pelo largo... con una cicatriz en el ojo... Vivía por aquí, en el barrio.

De espaldas, la camarera se quedó paralizada por un segundo. Después regresó, depositó las monedas en una bandeja junto al tique y se lo entregó, mirándolo con desprecio.

—Por este bar pasa mucha gente.

—¿Qué nos puedes contar de él? —preguntó Rojo, implacable.

—Hace tiempo que no se deja ver.

—¿De cuánto tiempo hablamos?

—Meses, yo qué sé... —contestó, molesta—. Además, si lo supiera, tampoco os diría nada. Tenéis una pinta de maderos que no os la acabáis...

Maldonado recogió las monedas, sin dejar propina.

—Muchas gracias, maja. La verdad es que sabes cómo ganarte el sueldo —respondió y le hizo una señal a su compañero—. Si lo ves, dile que hemos preguntado por él.

—Sí, claro.

—O no le digas nada.

Caminaron hacia la salida, decididos a visitar la segunda dirección que tenían. Debían continuar, pensó el detective con un amargo sabor de la visita. De pronto, notó una vibración en el Babour. La melodía sonó. Sacó el teléfono y comprobó la pantalla. Era Berlanga.

—¿Qué hay, Miguel? —preguntó, caminando hacia el aparcamiento. Rojo lo seguía de cerca.

—¿Dónde estáis?

—Haciendo turismo.

—No me fastidies, que no estoy de humor... Ese ruido que es, ¿un bar?

—¿Qué sucede?

—¿Cuánto tardáis en llegar a la Casa de Campo?

Maldonado frunció el ceño.

—Depende de las ganas que tengas de verme.

—Os lo cuento luego... Hemos encontrado algo y se está enredando la madeja. No te entretengas. La prensa no tardará en llegar... Nos vemos en el desvío que va al Teleférico.

Intranquilo por la llamada, guardó el teléfono.

—¿Qué ocurre?

—No lo sé. Eso ocurre.

—Para no saberlo, tienes una cara que dice lo contrario.

—No han pasado ni veinticuatro horas y Berlanga ha mencionado a la prensa. ¿Sabes qué significa eso? Noticias.

—Malas noticias.

Rojo dio un respingo y el detective chasqueó la lengua. Era muy probable que las malas noticias tuvieran algún tipo de relación con el caso que investigaban.

16

Regresaron al coche y dejaron atrás el distrito de
Embajadores para meterse de lleno en el túnel del cinturón
de la ciudad. Calculó que llegarían en unos veinte minutos,
siempre y cuando no encontraran demasiado tráfico por el
camino. Subió el volumen de la radio. Los primeros
noticiarios daban paso al magacín del mediodía, que se
alargaba hasta la segunda pieza informativa de la tarde.

Rojo giró la rueda para subir el volumen.

En la radio, los periodistas comentaban el caso de la
pitonisa que había ayudado a encontrar el paradero del
cadáver de una chica desaparecida. Con su clarividencia, los
equipos de investigación y la Policía Nacional tardaron
cuarenta y ocho horas en detener al asesino y cerrar un caso
que llevaba tres años abierto. El tema principal del debate
era la cuestionable habilidad de la vidente y su labor social,
pero lo más impactante era el ostentoso contrato firmado
por la adivina para colaborar en un programa televisivo.
Una periodista criticaba con fervor el protagonismo que

había recibido Madame Fournier, olvidando la labor policial y sobre todo, a la víctima.

—*Collons!* Lo que hay que oír... —comentó Rojo, bajando el volumen—. En pleno siglo XXI y todavía haciéndoles caso a las brujas...

—Deberíamos llamarla. Puede que nos ayude a encontrar a esa chica.

—¿Estás de broma?

Maldonado lo miró con desprecio.

—¿Tú qué crees?

—¿Viniendo de ti? No lo sé.

Pasaron varios minutos en silencio. Tomaron el desvío de la M-30 y salieron por el paseo que bordeaba los vergeles de la entrada a la Casa de Campo. Tras cruzar el primer puente, las plantaciones dieron lugar a una gran pinada de tierra árida y salvaje.

—Mal asunto, si han encontrado algo por esta zona —comentó el inspector, mirando por la ventanilla—. Puedo imaginar lo que hay aquí cuando cae la noche...

Continuaron por la carretera sin cruzarse con ningún vehículo por el camino. Encontraron las señales que indicaban el desvío hacia el teleférico. Un poste advertía de la vejez del pinar de Las Siete Hermanas y del alto peligro de caída de árboles, recomendando que no se transitara durante los días lluviosos o de viento. Junto a la entrada de la pinada, en un largo pasillo asfaltado y protegido por pinos de gran tamaño a ambos lados, Berlanga esperaba con las manos en los bolsillos de su gabardina. Al fondo, quedaba el horizonte infinito de la arboleda.

El inspector se mostraba impaciente, como si llevara horas allí, temiendo que lo descubrieran.

Maldonado apagó el motor, salieron del vehículo y se apresuraron a acercarse a él.

—Inspector, Javier... —saludó Berlanga, helado de frío—. Lamento el apuro.

—No hay queja —dijo Rojo.

—De momento —contestó Maldonado—. Hemos encontrado el equilibrio.

—Me alegro. Veremos cuánto dura —respondió, encogió los hombros y los miró—. La razón de la llamada es un poco delicada, por eso no podía hablar por teléfono.

—Ahora ya puedes contarlo —añadió el detective.

—Anoche, un empleado del parque de atracciones llamó al 112, alertando de los gritos de una mujer —explicó—. Él salía del trabajo, en coche y... cruzó por aquí, cuando vio una silueta corriendo. Primero pensó que era un animal, así que le dio las luces para espantarlo. Después se dio cuenta de que era una mujer. Según el testimonio, era morena, de estatura media y actuaba como si estuviera desorientada.

—Como Cristina Blanco —apostilló el detective—. ¿La ha reconocido?

—No está del todo seguro de que fuera ella, pero encaja con la descripción.

—¿No la socorrió?

—No pudo. La siguió por esta carretera, pero ella se perdió entre los pinos. A esas horas y sin iluminación, nadie se atreve a meterse por ahí...

—¿Qué hizo después? —preguntó Rojo.

—Dio el aviso y condujo hacia la rotonda por la que habéis entrado. Por el camino se cruzó con un vehículo. Un Volvo alargado.... No recuerda el modelo ni tuvo tiempo a memorizar la matrícula. Estaba alterado.

—Una pena... —comentó Maldonado y miró hacia el paso de árboles—. ¿Qué más tienes?

—La mujer, en busca de ayuda corrió hacia las instalaciones del teleférico. Al ver la luz de la entrada, debió creer que habría alguien allí.

—Pero no fue así —dijo el expolicía.

Berlanga miró a hacia ambos lados, asegurándose de que nadie los veía y les mostró el teléfono.

—No llegó a las inmediaciones, o no permitieron que lo lograra —contestó y abrió una fotografía. El terreno era similar al que tenían delante: una carretera de asfalto, árboles y tierra seca.

En la primera imagen había restos de sangre sobre la tierra y un objeto en el asfalto.

—La atacaron.

—Y se la llevaron —señaló Rojo—. ¿Qué es esa cosa?

Berlanga les mostró una segunda imagen. Era un medallón dorado con una mano abierta y un ojo en el interior de la palma—. Los de la Científica tienen que analizarlo.

—Lo he visto antes. Es el ojo de Horus —explicó Rojo—. Sirve para protegerse del mal.

—Pues no le fue de gran utilidad.

—No sabemos qué pasó después. No hay rastro de ella.

Los dos hombres se quedaron perplejos.

—Eso no es todo...

—Entonces, está viva —agregó el inspector con fe en su voz.

—Alguien en el departamento se ha ido de la lengua y nos ha metido en un lío... —respondió Berlanga—. Una productora de televisión se ha puesto en contacto con la familia para dar con ella.

—¡Madame Fournier! —exclamaron los dos a la vez, de nuevo.

El inspector los miró confundido.

—¿La conocéis?

—¿Y quién no? Debes deshacerte de esa bruja, Miguel.

—Por primera vez, le doy la razón al compañero.

—Esa es la mala noticia —respondió, frotándose la nariz y dando un largo suspiro—. No puedo hacer nada por impedirlo. La familia está en su derecho de participar en la farsa. Van a ir a la televisión. Esa mujer no hace nada ilegal.

—Meterse en nuestro caso, ¿te parece poco?

—Me temo que ya no es vuestro... —respondió y carraspeó para dar a entender que el encuentro concluía—. De veras, lamento daros esta noticia y también que no podáis acercaros al lugar de los hechos. El inspector Ledrado está allí con varios agentes y no me gustaría que nos relacionara...

—Lo superaremos. ¿Nos puedes enviar las fotos?

Berlanga se resistió unos segundos y finalmente aceptó.

—Por supuesto —dijo y las adjuntó en un mensaje de texto—. Os informaré si me entero de algo más. De momento, mantendremos la discreción... Vais a tener que lidiar con los falsos rumores que vayan apareciendo... Hay que encontrar a esa mujer con vida y antes de que el circo se vuelva incontrolable.

—No sabemos todavía si es ella —dijo el inspector, asintiendo con la cabeza—, pero lo averiguaremos.

—Mis hombres están peinando la zona. Este lugar es inmenso y esa mujer puede estar retenida en cualquier parte... Seguiremos en contacto. Hasta la próxima.

Berlanga inició su camino hacia las instalaciones del teleférico, perdiéndose en la extensa carretera que llevaba al horizonte. Rojo y Maldonado regresaron al coche. El inspector bajó la ventanilla y sacó el paquete arrugado de tabaco de su chaqueta.

—¿Quieres?

—Prefiero los míos.

Los encendieron y exhalaron el humo mientras la silueta de Berlanga se hacía más y más pequeña. Por un momento, Maldonado recordó lo agradable que era el silencio y la paz que transmitía. Un instante vacío, en medio del campo y junto a un desconocido.

—Mientras siga viva —comentó Rojo—, mantenemos la esperanza.

—Quiero pensar que sí.

—Me pregunto de dónde salió.

Pero Maldonado no tenía la respuesta. La conversación se desvaneció unos segundos, regresando a la tranquilidad del interior del vehículo y a los chispazos de las brasas al convertir el papel en ceniza.

El detective comprendió que Berlanga estaba en un aprieto. Y ellos dos también. Le gustara o no, ya no podía desentenderse del caso. Lo peor de todo, pensó, era que no cobraría por ello.

17

—·—

Se dirigieron a Aluche, uno de los distritos con peor fama de la ciudad. La historia se remontaba a la Transición. Con la muerte de Franco, el humilde barrio se revalorizó, amplió su comercio y se dispuso a prosperar, al igual que lo hacían otros distritos de la capital. Pero el contrabando y la delincuencia lo dejaron atrás.

Cruzaron una avenida que había junto a unas pistas deportivas. El concesionario se encontraba en los bajos de un bloque de viviendas de ladrillo. Desde la calle se podían observar los diferentes modelos que tenían en el expositor. Eran todos vehículos de segunda mano, la mayoría de ellos de marcas alemanas.

Los dos sabuesos aparcaron frente a uno de los portales y echaron un vistazo desde el interior del coche.

—No hay signos de actividad ahí dentro —comentó Rojo, contemplando el panorama.

—Nada de trucos, ¿me oyes? —le advirtió el detective—. No saques la placa hasta que sea necesario.

—Descuida, no soy John Wayne.

Salieron del vehículo y se acercaron a la puerta principal de cristal, donde encontraron un cartel: VUELVO ENSEGUIDA.

Tocaron al timbre hasta tres veces.

Se miraron, lamentando que el viaje hubiese sido en balde, cuando notaron la presencia de un hombre en el interior de la oficina.

Primero fue su cabeza y después su silueta.

Rojo tocó el timbre por enésima vez.

La insistencia provocó que el hombre saliera del despacho a recibirlos. Maldonado lo saludó con la mano, pero el empleado no parecía muy contento de su visita.

Era un individuo metido en un traje plateado que le venía grande. La camisa le quedaba estrecha debido a la panza enorme y los botones estaban a punto de romperse por culpa de la presión. Cuando se acercó a la puerta, primero señaló al cartel, como si estuviera colocado por una razón y después los miró con altivez. El detective se fijó en sus manos gruesas y en el anillo de casado que, más que una sortija, parecía una tuerca.

—Estamos cerrados —dijo de malas formas, por si no había quedado claro, interponiéndose entre el umbral y los dos hombres—. ¿Qué quieren?

—Información sobre un coche —contestó Rojo.

A lo lejos, Maldonado notó un ligero movimiento en el interior de la oficina.

—Les atenderé mañana. Estoy cerrando.

—Deben de vender mucho para esta clase de trato.

—Lo siento, ya me ha oído.

—Quiero hablar con el señor Rubio.

—Roberto nunca está aquí. Oigan, ¿no pueden esperar a mañana? Estoy en medio de algo.

El detective sonrió y puso un pie en la puerta, antes de que se cerrara. Después señaló con el índice al cuarto del fondo.

—¿Lo sabe su esposa?

—No sé de qué me habla.

Rojo lo embistió hacia dentro. El hombre comenzó a sudar con nerviosismo y ellos se identificaron para terminar con el teatro.

—Serán unos minutos y te dejaremos en paz —le dijo Rojo y señaló a la oficina con la barbilla—. ¡Venga! Dile que se marche a dar una vuelta.

—Pero...

—Hazlo.

Apurado, el hombre se aflojó el nudo de la corbata y regresó al pequeño despacho que había en el concesionario. Cruzó unas palabras con una dama y le pidió que se fuera.

—Te llamaré luego, ¿vale? Lo siento.

Ella iba vestida con indumentaria de oficina y el pudor con el que se marchó le costaría caro al empleado.

—¿Qué es lo que quieren? Se me va a caer el pelo...

—Ya te lo hemos dicho: información sobre un coche.

—Pero...

—Yo que tú, le haría caso —añadió Maldonado, con guasa—. Es bastante terco.

***

Ginés, el comercial al que habían sorprendido, llevaba cinco meses trabajando allí. Pronto terminaría su contrato y no estaba convencido de la renovación.

—¿Y los demás empleados? —preguntó el inspector.

—No lo sé —dijo y se encogió de hombros—. Es un concesionario pequeño, nos dedicamos a la compra—venta de coches usados. Conozco a un tipo que se encarga de la logística, del mantenimiento y de esas cosas... pero hoy no ha venido.

—Esa persona tendrá un nombre... —dijo Maldonado.

—Sí, Julián. Es un poco raro, la verdad. Según el día, está de humor o se comporta como un auténtico idiota... Aparece cuando le da la gana.

El sabueso echó una mirada a su compañero.

Habían dado con algo.

—¿Eres el único que ficha?

—Más o menos.

—¿Qué hay del jefe? —preguntó Rojo—. ¿No le mosquea tanto cachondeo?

—Prefiero no opinar. No me gusta meterme donde no me llaman.

—¿Sabes dónde podemos localizarlo?

El hombre los miró con seriedad.

—Es grave, ¿verdad?

—No te metas donde no te llaman —añadió Maldonado—, y colabora.

Ginés abrió un cajón y le entregó una tarjeta de visita.

—Ahí está su número.

Rojo buscó la documentación que llevaba encima y se la mostró.

—Necesitamos que busques información sobre este vehículo —dijo y dejó los papeles en el escritorio—. También que nos des lo que tengas sobre su propietaria.

Apurado, revisó el número de matrícula del antiguo coche de Marta Robles y los documentos que el inspector adjuntaba.

—¡Uf! A saber, dónde está esto...

—Busca en el ordenador.

—Sí, claro... —le dijo. Después encendió la pantalla y abrió una base de datos—. Me llevará algo de tiempo.

—No tenemos prisa.

El comercial tecleó los datos en el viejo ordenador de sobremesa, pero no encontró rastro en el registro.

—No hay nada —comentó y se apartó del teclado—. Si es de hace tiempo, puede que esté en los libros. Tendrían que preguntárselo al jefe, pero no creo que le haga gracia.

—No sé por qué, pero me da la sensación de que tampoco lo vamos a encontrar en esos libros.

—Acabemos con esto de una vez —intervino el inspector, cansado de la incompetencia de aquel tipo—. ¿Qué hay del otro? El de mantenimiento.

—¡Oh, no! Se me va a caer el pelo.

—Descuida, eso te pasará con los años.

—¿Qué nos puedes contar de él?

—Ya se lo he dicho. Apenas hemos cruzado unas palabras, lo juro.

—¿Crees que miente, inspector?

—No, no, de verdad... Yo sólo quiero terminar mi contrato y largarme. No me busquen un lío.

—Tampoco es para ponerse así... —dijo y guardó la tarjeta del jefe—. Ya nos encargaremos del resto.

—¿Y qué pasará ahora conmigo?

—¿Contigo? Nada. Te irás a tu casa, con tu mujer y esta conversación nunca habrá tenido lugar —aclaró el policía —. Por el contrario, si te vas de la lengua...

—Seré una tumba.

Abandonaron el concesionario y regresaron al viejo Volkswagen. El detective telefoneó a Berlanga.

—Necesito que me des el domicilio de un tipo... Sí, si no fuera importante, no te llamaría... Está bien, gracias.

Colgó y se quedó en silencio.

—¿Ahora qué?

—Ahora, a esperar.

Minutos después, un mensaje de texto llegó al terminal del detective.

Arrancó el coche y metió la primera marcha.

—Espero que disfrutes del *tour* que te estoy haciendo.

18

El detective se sorprendió al recibir la dirección. La residencia de Ricardo Rubio se encontraba en Las Encinas, a las afueras de Pozuelo de Alarcón, casi en el límite que separaba el próspero complejo residencial del municipio de Majadahonda. La localidad de Pozuelo era conocida por las numerosas urbanizaciones de casas en las que residían varios deportistas de élite, famosos de la televisión, empresarios millonarios y conocidos nombres de la sociedad madrileña.

Tras la visita al concesionario, no imaginó que Rubio viviera en una de las áreas más exclusivas de la Comunidad.

No sabían lo que encontrarían allí, pero estaban seguros de que el empresario no los recibiría con amabilidad. Maldonado tenía experiencia con aquel perfil de persona y los tipos como Rubio, protegidos en sus feudos, nunca daban el brazo a torcer.

Abandonaron la ciudad, condujeron por el cinturón y tomaron el desvío de la M—40 para dirigirse a su destino.

—Bonitas casas —dijo Rojo, observando el entorno por la ventanilla—. He debido de tomar las decisiones erróneas en esta vida.

—Espera a tu reencarnación.

—No tengo tanta paciencia para eso.

—¿No te parece extraño? —preguntó el detective—. Estas propiedades valen mucho dinero.

—Debe de haber algo más. Siempre lo hay... pero dejemos que Berlanga se encargue de ello, ¿de acuerdo? Centrémonos en encontrar a ese mamarracho.

—Claro —dijo poniendo fin a la conversación. A Rojo no parecía importarle dónde viviera el empresario, siempre y cuando les dijera cómo encontrar a Quintero.

Atravesaron una larga carretera rodeada de fincas privadas hasta que dieron con el número que el inspector les había facilitado. Tomaron un camino de tierra que se separaba de la carretera principal y del resto de casas que lo bordeaban. El coche levantó una polvareda por su paso. La finca de Rubio era amplia y estaba alejada del resto de la urbanización. Tras ella quedaba un inmenso solar que pronto se convertiría en una vivienda. Del otro lado del camino salía un enorme poste de luz que conectaba con el resto del complejo residencial.

Pararon frente a la residencia, que era una desmedida construcción de dos plantas, con forma triangular y de la que salían tres chimeneas. Una excentricidad sin sentido a los ojos de la pareja.

—Cosas de ricos, supongo —comentó el detective, al bajar del coche.

—Yo diría que de horteras.

Dieron un vistazo por las inmediaciones. A lo lejos avistaron montones de tierra y de materiales para la construcción. No encontraron ninguna actividad ni tampoco a nadie dispuesto a continuar con la obra.

Se acercaron a la entrada, una enorme puerta de hierro que separaba el camino del interior de la propiedad y tocaron al timbre.

Maldonado miró a Rojo.

Segundos después, alguien respondió al interfono.

—¿Sí? —preguntó una voz masculina.

El detective carraspeó.

—Buenos días, ¿vive aquí el señor Rubio?

El hombre aguardó unos segundos.

—¿Quién lo pregunta?

Rojo sacó la placa y la colocó frente a la cámara de seguridad.

—Policía de Madrid.

—Un momento... —contestó y esperaron varios segundos más. Finalmente, la puerta se abrió.

***

El camino de tierra los llevó a una enorme era que daba a la parte trasera de la propiedad. A lo lejos, vieron dos vehículos aparcados. Uno de ellos era una furgoneta blanca de tamaño medio y el otro una berlina. De una gran puerta de garaje, apareció un hombre corpulento, de estatura media y vestido con una chaqueta de cazador y pantalones vaqueros. Ambos supusieron que debía de ser él.

—Buenos días... —dijo acercándose a la pareja, con andares altivos—. ¿En qué puedo ayudarles?

—Buscamos a Roberto Rubio —dijo Maldonado.

—¿Su nombre?

—El inspector Rojo, de la Policía Nacional.

El hombre avanzó hasta detenerse frente a ellos. Tenía la frente grasienta y la mirada oscura y hundida en dos pómulos que se alargaban hasta la barbilla.

—¿Puedo ver la placa? —preguntó con sequedad. Rojo se la mostró y él la observó con detenimiento—. Gracias. Debo tomar precauciones... No sería la primera vez que una banda organizada viene por aquí con el truco de la Policía.

—No hay problema —dijo el valenciano y guardó la identificación—. Entonces, es usted el señor Rubio.

—El mismo que viste y calza. ¿Qué les trae por aquí, agentes? Si es por las multas de tráfico, las tengo todas en regla.

—No, no venimos por eso —comentó Maldonado y se frotó la barbilla. Rápido, le dio un repaso con la mirada. Había algo en él que le resultaba desagradable. Llevaba la camisa arrugada y había barro en la suela de sus zapatos. Podía sentir la tensión en su lenguaje corporal. No le agradaba su presencia—. Estamos buscando a Julián Quintero. Sabemos que trabaja para usted en el concesionario que tiene... Ya que estamos aquí, nos gustaría hacerle unas preguntas a también a usted.

El empresario se rio.

—Lo primero, que quede claro —señaló—. Trabaja conmigo, no para mí. A ese desgraciado no hay quien lo dome.

—El caso es que lo conoce... Según su empleado, el concesionario se dedica a la compra y venta de turismos de segunda mano.

—Así es.

—Y todos los contratos están supervisados por usted.

—Sí, más o menos... La empresa es mía, yo me hago responsable de lo que entra y de lo que sale. Por supuesto, no estoy pendiente de las transacciones durante las veinticuatro horas del día. Para eso tengo un agente comercial.

—¿Guarda algún registro de los movimientos que ha hecho en los últimos años?

Rubio dio un respingo.

—¿Qué insinúa, inspector? Lo tengo todo en regla. Pidan una orden o lo que tengan que solicitar y comprueben los libros de cuentas.

—No será necesario... —intervino Maldonado, antes de que la conversación se fuera a pique—. En realidad, estamos interesados por una compra en particular. El problema es que se remonta a ocho años.

El tipo arqueó las cejas.

—¿Ocho años? ¿Me está tomando el pelo?

—No.

—¡Ocho años! ¡Ja, ja! —exclamó y suspiró—. Madre mía, qué cosas... Ni siquiera recuerdo lo que compramos hace un año. ¿Se hacen una idea de la gente que viene al concesionario?

—No hemos tenido esa impresión al visitarlo —respondió Rojo, provocando una reacción.

—Se lo repito. Vayan a los libros, pero... ¿ocho años? Espero que tengan una buena razón.

—Por casualidad —se interpuso el detective de nuevo—. ¿Le suena el nombre de Marta Robles?

El hombre negó con la cabeza.

—No. ¿Debería?

—Fue cliente suya.

—Vaya. Y de eso hace ocho años, ¿verdad? —cuestionó con regodeo y negó dos veces con la cabeza—. Lamento no poder ayudarles con eso. Puede que Julián tenga mejor memoria que yo... Él es quien revisa los coches y se encarga de tasarlos. Es mucho mejor que yo en eso. Nunca olvida cara. ¿En qué lío se ha metido ahora?

La naturalidad de sus palabras les alertó de que Quintero podía ser una fuente de problemas.

—En ninguno. ¿Qué nos puede contar sobre él? Según su empleado, tienen una relación estrecha.

—¿Qué sabrá ese idiota? No nos une nada más que una amistad comercial, ya me entienden... —dijo y agachó la cabeza para mirarlos con travesura—. Julián sabe cómo encontrar buenas gangas y eso hay que compensarlo. Así que le he invitado a comer en más de una ocasión... Pero, lo que haga con su vida privada no me interesa un pimiento. Agentes, soy un hombre de negocios, no un estúpido... y sé que Julián tampoco es un santo. Yo miro por mi bolsillo y nada más.

—Nos gustaría saber cómo encontrarlo, si es tan amable de darnos una dirección —contestó Rojo—. Tal vez tenga razón y sea mucho mejor que usted con la memoria.

Rubio se limpió la frente grasienta y apretó el morro.

—Es usted un chistoso, inspector... —comentó. Después metió la mano en el interior de su cazadora y sacó un bloc de notas y un bolígrafo.

—Descuide, no sabrá que hemos hablado con usted.

—Eso espero, porque me van a meter en un compromiso... Ese chico es una fiera para el negocio... —comentó escribiendo en el bloc—. Si lo pierdo, estaré fastidiado... pero si ha hecho algo, no quiero saber nada de él. Así es la vida.

Arrancó la hoja y se la entregó a Maldonado. Este revisó la dirección.

—¿Tetuán?

—Si no ha cambiado de domicilio, claro —contestó—. Pregunten por él. Hace días que no lo veo por el concesionario.

—Gracias.

—¿Algo más, agentes? ¿Hemos acabado?

Rojo alzó la vista y señaló al material de obra.

—¿Nuevos vecinos? —preguntó, señalando a la construcción que había al otro lado de la finca.

—Ni lo mencione. Han comprado el terreno y van a construir una casa durante los próximos meses. ¿Sabe lo que significa eso? Ruido y suciedad. No me vine a vivir aquí para aguantar más bullicio.

—No hace falta que lo explique —dijo Maldonado, señalando a sus zapatos.

—¿Esto? —preguntó. El enfado era notable en su voz y Rubio comenzaba a alterarse con rapidez—. Esto es culpa de la Comunidad de Madrid. ¿A qué esperan esos políticos para asfaltarme el camino? Yo pago mis impuestos, ¿acaso soy menos que el resto de vecinos?

—Gracias por su amabilidad —dijo Maldonado y caminaron hacia la salida.

El empresario les dedicó unas últimas palabras:

—Si lo ven, díganle que cobra por comisión, no por tocarse las pelotas.

Cuando volvieron al interior del vehículo, Maldonado se dirigió a su compañero.

—Un tipo peculiar.

—Bastante impostado —comentó Rojo.

—¿Qué hacemos con Rubio?

—Esperar hasta mañana —contestó el inspector, contemplando los montones de tierra que había al final del camino—. Es evidente que nos ha intentado meter un gol para ganar tiempo. Dile a Berlanga que averigüe a quién pertenece esa dirección... Si Quintero vive ahí, no aparecerá hasta que bajemos la guardia.

19

La visita tendría que esperar a la jornada siguiente.

A las espaldas del Hotel Plaza de España y pegado a plaza del Conde de Toreno, el Airiños do Miño era un restaurante gallego con solera, de antaño, de batalla, abandonado a su suerte en un barrio que había cambiado con los años. Conocido por sus menús de mariscadas, el mesón aguantaba las modas gracias a la fidelidad de los clientes, a la cocina casera, al calor de sus dueños y al producto que ofrecía. Conservaba un alargado comedor de madera que mantenía la decoración de los inicios, muy marítima esta y también una estrecha barra de zinc en la que ahora el inspector daba tragos a su botellín de Estrella Galicia.

—Tendríamos que haber visitado a ese hombre —comentó Maldonado. Llevaba un buen rato dándole vueltas a la decisión—. Quizá mañana no corramos tanta suerte.

Mientras se refrescaron con la cerveza y con la tapa de empanada que les habían servido, pidieron una botella de

Ribeiro y la acompañaron con unas croquetas de marisco.

—Lo haremos a primera hora, cuando baje la guardia —prosiguió el inspector, echándole el último pedazo de empanada gallega a la boca—. No podemos pifiarla más.

—¿Te has fijado en cómo nos miraba? —preguntó el detective, refiriéndose al encuentro—. Es obvio que sabe más de lo que cuenta.

—El problema es que no tenemos nada contra él. Si le compró el coche a Robles, tampoco es un indicador. No nos interesan sus problemas con Hacienda.

—Lo que me sorprende es que la recordara.

—Sí... Es evidente que algo esconde. Algo turbio —dijo Rojo—. En unas horas saldremos de dudas.

—Luego, está esa mujer...

—Cristina Blanco.

—Todavía no sabemos si era ella —defendió el detective.

—Encaja con la descripción que ha dado el testigo —respondió—. Además, el medallón era suyo. Esa mujer nos necesita. Daremos con su paradero.

El camarero descorchó la botella y sirvió el vino en dos copas.

—Maldita sea, Rojo. Eres duro de mollera.

—Oye, Maldonado, hay algo que debes saber... —dijo y se apoyó en la barra—. Nunca me retiro de un caso... y más si sé que tengo la oportunidad de atrapar a una rata.

Las croquetas llegaron a la barra.

Maldonado levantó una ceja, agarró el tenedor y se llevó media bola de bacalao a la boca. Masticó pensativo.

—Podrías haber empezado por ahí —dijo, rascándose el mentón y dio un trago a la copa—. A mí, hace tiempo que me quitaron la licencia para cazar.

—La única manera de dormir tranquilo, es que te acuestes sabiendo que hiciste todo lo posible.

—Te comprendo... Lo más duro de esta vida es aguantarse a uno mismo.

—Estuve detrás de una secta durante mucho tiempo.

—Vaya... ¿un caso parecido a este? —preguntó con interés.

—Mucho peor, por desgracia... —lamentó con voz grave —. Aún estaba de servicio en Cartagena. Mi pareja cayó en las garras de una de las sectas más peligrosas que existen, mientras yo me dedicaba a cubrirme las espaldas en una comisaría podrida de corrupción. Tirar del hilo, casi me costó el trabajo y la vida, pero se llevó por delante a mi compañero y amigo... Así que convertí el asunto en algo personal.

Las palabras sonaban con crudeza. El detective escuchaba con atención al hombre que tenía al lado. Su relato le recordó su última relación sentimental y también cómo cambió su amistad con Berlanga. Para él, lo más doloroso había sido sufrir la infidelidad en sus carnes y la falta de contacto con su amigo tras la expulsión del Cuerpo, pero no era nada en comparación con lo que ese hombre contaba.

—¿La salvaste?

Rojo giró el rostro.

—¿A Elsa? No. Para mí, murió en cuanto desapareció de mi vida.

—Al menos, espero que tu cruzada llegara a su fin.

—Lo hizo —dijo y sonrió—, pero dejó mucho sufrimiento por el camino.

—Entiendo. Por esa razón, esto es importante para ti.

—Ni las víctimas, ni las familias merecen pasar por lo mismo —contestó Rojo—. El mundo ya es bastante hostil como para dar libertad a quien no la merece.

«Lamentablemente, suena demasiado bien».

***

Faltaba una hora para la medianoche en el reloj que colgaba de la pared. La digestión comenzó a pesar más de la cuenta sobre sus estómagos. Acordaron que no les vendría mal dormir unas horas antes de buscar a Quintero.

A la hora de abonar la cuenta, lo hicieron a medias, ya que el valenciano se negó a que Maldonado invitara. Se despidieron del personal y abandonaron un restaurante ya casi vacío de clientes. La calle se mostraba desierta y tranquila.

—A las ocho en tu oficina —dijo Rojo con voz seria—. Puntualidad británica. Quiero sorprender a ese desgraciado en calzones.

—Sí, inspector... ¿Necesitas un croquis para volver a tu dulce morada?

—No creo.

—¿Tampoco me vas a decir dónde te hospedas?

Rojo le mostró el pulgar derecho e ignoró su pregunta.

—Sé llegar.

—Buenas noches, inspector.

—*Bona nit,* detective.

Como un duelo entre caballeros, se dieron la espalda y caminaron en direcciones contrarias.

La noche era fría, silenciosa y siniestra. Un manto de nubes grises manchaba el cielo oscuro de la capital. Los rótulos de los establecimientos brillaban a todo color en la cuesta de San Vicente. La Taberna del Príncipe estaba a punto de cerrar y los coches aparcados en la calle de Ilustración formaban un ciempiés de chapa y pintura.

El detective se notó cansado y sintió unas ganas tremendas de acostarse en la cama, pero la cabeza no dejaba de funcionar.

Cruzó el portal, subió las escaleras de la entrada y atravesó el pasillo, recordando las palabras de Berlanga, las fotografías y los desencuentros de la jornada. Un día más largo de lo habitual, se dijo. No estaba acostumbrado a soportar tantas horas seguidas.

Metió la llave en la cerradura, abrió la puerta del apartamento y encontró un objeto en la entrada.

«¿Qué carajo?», se preguntó.

Alguien le había dejado una carta bocabajo.

Se agachó, la volteó y sus ojos se abrieron como platos.

Las manos le temblaron.

En lo alto, el quince en números romanos. En el centro, una cabeza de cabrito con alas y casco, empuñando una espada. A los pies de la criatura aparecían dos figuras con cuernos, atadas por el cuello con una cuerda. Al pie de la carta, dos palabras: *LE DIABLE*.

20

Día 3.

Jueves.

Despertó con la frente empañada de sudor y la camiseta blanca de tirantes empapada. Había tenido una pesadilla y era la segunda que sufría en la misma semana. No le gustó lo que soñó. Al abrir los ojos, aún tenía clavada la mirada de aquel cabrito con forma humana.

Y también a Marla, semidesnuda, atada a él por el cuello con una cuerda, igual que en el naipe que le habían dejado en casa.

Se levantó de la cama, arrastrando las piernas como si cargara con dos yunques. Abrió el grifo de la ducha y metió la cabeza bajo la alcachofa. En ropa interior, sintió el agua fría como un bálsamo placentero, empapándose hasta convertir las imágenes en un vago recuerdo.

«¿Qué significaba aquello?», se cuestionó con un profundo desasosiego.

Una hora más tarde, vestido con ropa limpia, perfumado, con un cuarto de café en la sangre y varios chutes de nicotina encima, apareció a las ocho en el despacho, puntual como un reloj. El paseo al trabajo lo revitalizó.

«Debieron de ser las croquetas de bacalao», argumentó, justificando el delirio de la noche anterior.

Se quitó el abrigo, lo colgó en el perchero y se sentó en la silla de su escritorio. Sacó la carta que le habían dejado y la estudió con detenimiento.

La puerta de la oficina se abrió.

Maldonado dio un brinco de la silla, sobresaltado.

—¿Marla?

Ella lo observó, extrañada.

—Javier, ¿qué haces aquí tan pronto? ¿Te has caído de la cama?

La empleada se quitó el largo abrigo que cubría su cuerpo y dejó a relucir un conjunto verde, ajustado y de una sola pieza, que ensalzaba su figura. Él no recordaba haberla visto antes con esa prenda, o tal vez sí, pero no había puesto la suficiente atención en ella. Esa mañana la contempló de otra manera, de un modo especial, como algo bello y delicado, y no sabía si era una reacción natural o el propio hechizo del sueño que había tenido.

Ella se dirigió a la puerta del despacho y el ruido de los tacones lo sacó del trance.

—¿Ha pasado algo?

—No, que yo sepa. ¿Por qué lo dices?

—No hay café, no has fumado y traes mala cara.

—Será eso...

—¿Qué tienes ahí? —preguntó la chica, señalando la carta que había sobre la mesa. Maldonado la retiró con la mano—. ¿Por qué la escondes?

—¿Qué sabes del tarot, Marla?

Ella dudó unos segundos.

—Poco, la verdad.

—Pero crees en el horóscopo, ¿verdad?

—¿Está relacionado con la desaparición de esa mujer?

Maldonado carraspeó.

—¿No me lo vas a decir?

—Te lo diré... pero debes saber que escuchar a través de la pared, es una falta de educación.

—Las paredes son de cartón, Javier.

—Eso será... —dijo y apretó la mandíbula—. Las dos mujeres desaparecidas dejaron una carta del tarot. Pertenecen a una baraja francesa.

Omitió contarle lo que le habían dejado a él. No quiera asustarla.

Peor todavía, animarla a que participara.

—¿Qué significan?

—Un sol y una pareja de enamorados. Eso es todo lo que sé.

—Podría seros de gran ayuda, si me dejarais participar.

—¿Tienes la prensa de hoy?

—Sabía que dirías eso.

—No es un caso privado. Le hago un favor a Berlanga.

—Pero... ¡no tenéis información! —insistió, entusiasmada —. Puedo conseguirla mientras estáis fuera.

—Marla... lo siento —contestó—. Rojo está a punto de llegar.

Ella nubló la vista, cogió el periódico de su mesa y se lo entregó.

—Algún día te arrepentirás de no haberme hecho caso.

—Gracias. Eres un encanto de persona.

—¡Ah! ¿Javier?

Él fingió no oírla y estar concentrado en la lectura. Echó un vistazo a los titulares y no encontró nada interesante. Pasó las páginas para leer la sección de sucesos.

—¿Javier? —preguntó por segunda vez, pero él siguió impasible. Finalmente, la chica se acercó y dobló el diario con el índice—. ¡Javier!

—¿Sí, Marla?

—Es sobre la señora García. Ha vuelto a llamar y quiere hablar contigo.

—No te preocupes por ella, el asunto está solucionado —dijo y volvió al diario. La cabeza de Marla asomó de nuevo por encima del papel—. Dime, Marla...

—No lo está —contestó, con aires de preocupación. Desde su posición, el detective encontró una bonita mirada esmeralda que combinaba con la palidez de su piel y el color rojizo de su cabello—. Su marido ha descubierto que trabajabas para ella y ahora quiere que le devuelvas el dinero.

—Ya... Pues que siga llamando.

—Está dispuesto a enviar un burofax de su abogado.

La noticia le sentó como un puñetazo en el hígado.

Uno.

Dos.

—¿Qué? ¡Ni hablar! —exclamó, tiró el diario a la mesa y se levantó para telefonear—. Se va a enterar ese mamonazo...

El detective descolgó el aparato de su escritorio, pero Marla cortó la línea antes de que marcara el prefijo.

—¿Qué haces?

—Piensa con la cabeza, no con las tripas.

Maldonado resopló, insistente.

—No fue así como quedamos.

—Seguro que puedes hablar con él... —sugirió ella— cuando te calmes, claro.

Él la miró con interés y ella parecía responderle. Sus rostros se encontraban a escasos centímetros de distancia. Maldonado podía oler su perfume y sus ojos se clavaron en los labios carnosos de la chica. El silencio tensó la situación. Atrevida, Marla seguía presionando la tecla de línea en el aparato, sin moverse un centímetro.

Alguien llamó al timbre de la puerta y la interrupción desvaneció la tirantez del momento.

—Tú ganas... —dijo tragando saliva y colgó el teléfono—. Sé que lo haces para evitar esas fotos.

—No seas estúpido —respondió desviando la mirada a otra parte. Le dio la espalda y caminó hacia la puerta—. Iré a ver quién es.

21

· — · —

I.

21

La figura de Rojo apareció tras el umbral. Vestido con su chaqueta de cuero y todavía con las gafas de aviador, que se quitó enseguida, y dio un vistazo a los dos presentes.

—¿Interrumpo algo importante?

Ella negó con la cabeza.

—Cuidado con él... Parece que se ha levantado con el pie izquierdo.

La secretaria regresó al escritorio. Rojo se aproximó a la puerta del despacho del detective.

—¿Has leído las noticias? —preguntó el inspector, señalando al periódico.

—Llevo varios minutos intentándolo.

—Pues date prisa, que tenemos faena —respondió y echó un vistazo al cuarto—. Berlanga no tardará en llamarte.

El detective lo miró desconcertado.

—¿Berlanga? ¿Es por lo de ayer?

—Sí, pero no es lo que tienes en mente.

—¿Tú también eres adivino?

Rojo cogió el diario y le mostró la sección de sucesos.

—Alguien ha pegado un chivatazo a la prensa —señaló. Maldonado leyó el titular relacionado con lo que Rojo contaba. Habían filtrado las fotos de la Casa de Campo. La prensa asociaba lo sucedido a un secuestro y Madame Fournier ofrecía su ayuda al Cuerpo—. La pitonisa quiere colaborar con la Policía para encontrar a la chica.

—¿Cómo te has enterado?

—He leído el periódico en el bar.

—Hombre de costumbres... Será mejor que nos vayamos.

Rojo lo detuvo con el brazo.

—¿Has cargado el tambor?

Maldonado meneó la cabeza hacia un lado.

—Cometo errores con frecuencia, pero nunca en situaciones como esta.

***

El Volkswagen GTI negro sufrió para arrancar el motor. La batería estaba llegando a sus últimas semanas de vida y las bajas temperaturas de la noche no ayudaban a que resucitara.

Rojo y Maldonado pusieron rumbo al barrio de Tetuán, directos a la dirección del domicilio de Julián Quintero. Una sensación de final flotaba en el interior del vehículo. Ambos tenían el presentimiento de encontrarse cerca de algo. Querían información, atar cabos y cerrar un capítulo con demasiadas páginas. Podían hacerle cantar, aunque Quintero estuviera avisado por su jefe. No les preocupaba el sospechoso, pues tenía papeletas para acabar peor que ellos.

—¿Todo bien? Te noto más callado de lo habitual.

—¿Habitual? —contestó el expolicía y encendió la radio—. Ni que llevaras media vida conmigo...

—¿Sabes qué? Eres un quejica —respondió Rojo—. Pero conozco a una persona peor que tú...

—¿La misma que ves cada mañana al espejo?

—Muy gracioso... Es periodista, un buen amigo y también un grano en el culo...

—Estaba siendo sarcástico.

—Harías buenas migas con él.

—Déjalo, ¿quieres? Y sin acritud... es que me duele la cabeza.

—¿Resaca?

—Pesadillas. Habrán sido las croquetas de bacalao de anoche.

—Yo he dormido como un bebé.

—Tú tienes la conciencia más tranquila... —respondió y frenaron en un semáforo. El tráfico era el habitual a esa hora por los alrededores del puente de Segovia. Maldonado aprovechó la pausa para sacar la billetera y mostrarle la carta—. La encontré anoche en mi apartamento. Debieron dejarla por error...

—¿Error? Mis cojones...

—Intentaba ser irónico.

—El Diablo. Mala pinta.

—Nos han seguido.

—A ti... A mí no me han dejado nada.

—No tiene gracia. Han averiguado lo que estamos haciendo.

—A mí no me mires. No soy el que va regalando tarjetitas por ahí...

—Sólo se la di a ese viejo.

Maldonado se quedó pensativo unos segundos y continuó.

—Debe de haber sido alguna de las personas con las que hablamos ayer...

El semáforo cambió de color, pero el detective seguía abstraído. El claxon de los conductores impacientes llegó a sus oídos.

—Ponte en marcha, que está en verde —espetó Rojo contemplando la cola de vehículos. Después le devolvió el naipe—. No le des importancia. Esto demuestra que son ellos quienes tienen miedo de que los estemos buscando.

—Dime algo que no sepa...

—No des tu tarjeta a desconocidos.

Subieron por Argüelles hasta el intercambiador de Moncloa y atravesaron el paseo que los llevó hasta la avenida de Reina Victoria, uno de los cruces principales de Cuatro Caminos. Maldonado se metió por callejuelas para evitar los semáforos innecesarios. Pero la calle de Zamora se encontraba en el corazón del viejo barrio de Tetuán... y el tráfico de la hora punta de la mañana impedía que circularan con normalidad. Los atascos provocaban parones cada vez que avanzaban unos cientos de metros.

—Volviendo a la carta... —arrancó el detective—, anoche tuve un sueño extraño...

—¿Qué viste?

—Ese es el problema...

—¿No te gustó?

—Aparecía Marla en él.

—Comprendo... Un sueño caliente... No me extraña que le estés dando tantas vueltas al asunto —dijo el policía y bajó la ventanilla para respirar el aire fresco, pero se encontró con el humo contaminado de los coches—. Deberías decirle la verdad.

—No fue de esa clase de sueños.

—Ya, por supuesto...

—Además, ¿contarle que soñé con ella? Ni en broma.

—Dile de una maldita vez que te atrae.

Maldonado frunció el ceño.

—No —dijo, esforzándose por no enrojecer—. No puedo hacer eso.

—Ella lo sabe, antes que tú y que yo. Siempre es así. Y tú también le gustas.

—No digas bobadas. Marla me tiene estima, pero nada más.

—Tú mismo. Yo que tú, no esperaría mucho.

El entorno cambió. Los edificios altos dieron paso a los callejones estrechos y a las antiguas casas de tres alturas que formaban el barrio viejo. El detective reconoció la zona. Estaban cerca, se dijo.

—Estamos llegando —comentó, zanjando la conversación y deseando no regresar a ella.

Aparcaron frente al número 26, una vivienda cuadrada de dos alturas, con los balcones tapados y la fachada pintada de amarillo.

La puerta de acceso era de las antiguas, de madera oscura y con el buzón colgando de la pared. En el letrero no había nombre del propietario. Maldonado dio un largo suspiro y Rojo se aseguró de que no pasaba nadie por la calle en ese momento. La calzada era estrecha y las fachadas estaban separadas por apenas unos metros. Pero esa mañana tuvieron la suerte de encontrarse solos y alejados de la avenida principal.

—Nada de sorpresas —comentó Maldonado, antes de tocar al timbre.

—Está bien —respondió Rojo—. ¿Quién lo empuja hacia dentro?

El detective se rio, sin comprender si el compañero bromeaba o no.

—No hagas que me arrepienta.

—*Collons*, detective... Relájate un poco, que el día es largo.

—Y la vida muy corta.

Pulsó el timbre y este sonó en el interior. Esperaron unos segundos de cortesía, pero nadie salió a atenderlos.

Rojo comenzó a silbar, se adelantó, agarró el pomo y lo agitó con fuerza.

—Pero, ¿qué?...

Antes de que Maldonado abriera la boca, la presión del policía provocó que la puerta cediera.

—Odio las esperas... y tengo la impresión de que no va a recibirnos.

22

—·—

I.

22

Era una vieja casa, oscura, sin reformar y decorada con
muebles antiguos. Las ventanas que daban a la calle estaban
cerradas y de la cocina salía un fuerte olor a basura de varios
días. La humedad se coló por sus huesos en cuanto
entraron. Para el detective, era como sentir el abrazo de una
babosa. Buscó el interruptor junto al recibidor y activó una
lámpara de lágrimas que colgaba del techo. El sonido de un
programa de radio, procedente del piso superior llegaba de
manera ininteligible a sus oídos.

—¿Hola? —preguntó en alto, sin éxito.

Desenfundaron las armas y el inspector tomó la
iniciativa.

Comprobaron el cuarto de baño, maloliente y sucio y
también el salón. No había señales de vida.

Así que debían continuar por las escaleras de baldosas que llevaban al piso superior. Rojo subió los peldaños y Maldonado lo siguió hasta un primer pasillo. Al llegar a este, un olor dulce y nauseabundo los sacudió.

El ruido procedía de un viejo radiocasete encendido. Una interferencia en la antena generaba un enredo sonoro que impedía oír las canciones.

El pasillo daba paso a una pequeña sala de trabajo en la que había un escritorio y una estantería llena de polvo. A medida que avanzaban, el olor se intensificaba. Se taparon la nariz, pero aun así, Maldonado comenzó a sentir fuertes latigazos en la boca del estómago, recordando el hedor de algunos bares a los que iba de joven.

El ruido era molesto, pero decidieron no desconectar el aparato. Si alguien los esperaba, sólo podía hacerlo tras una de las puertas cerradas. La primera era más estrecha y parecía dar a un angosto cuarto de baño. La segunda tenía las dimensiones de la entrada de un dormitorio. Rojo le hizo una señal para que detuviera el paso.

—Cúbreme —susurró, indicándole la que tenían enfrente.

Con destreza, abrió la puerta que había a su lado y apuntó hacia dentro. Sus ojos se movían a toda velocidad en busca de un movimiento.

—Limpio —dijo y se dirigió a la segunda entrada—. Tres... y entramos.

Uno.

Dos.

El inspector abrió, se pegó a la pared y Maldonado irrumpió para evitar que los abordaran de frente. La sorpresa llegó con el inesperado zumbido de los insectos.

—¡Dios! —exclamó Maldonado al encender la luz—. ¡Santo Cielo!

Rojo apartó la vista y abrió la ventana, permitiendo así que el aire circulara.

Ante ellos, el cadáver de un hombre de unos cuarenta años, apoyado en la pared y sentado en el suelo, con el rostro golpeado y el abdomen empapado de sangre. Un denso charco rojizo rodeaba sus piernas y se mezclaba con un líquido amarillento que parecía orín.

Rojo reconoció la cicatriz de su rostro.

—Es él. Es Quintero... No tengo la menor sospecha.

—Y está muerto... De eso tampoco hay duda —comentó el detective—. Un final difícil... Se ha meado encima.

Rojo negó con la cabeza.

—Parece un ajuste de cuentas.

—¿Estás pensando en Rubio?

—No. Sería un error muy burdo por su parte —respondió, después flexionó las piernas y se acercó al cadáver—. Los tipos como él se vanaglorian de sus enemigos.

—¡Espera! ¿Qué crees que haces?

—No hemos venido hasta aquí para nada.

—¿Has perdido el juicio?

Rojo metió la mano en el bolsillo del vaquero que llevaba el fallecido y sacó una billetera de piel marrón.

—Echa un vistazo por las estancias.

—No tenemos tiempo... —comentó y se alejó de la habitación, cuando escuchó un coche aparcando en la calle. Se asomó por la ventana y reconoció un patrulla de los municipales. Aquellos le inspiraban menos respeto si cabía, pero su presencia no les traería más que problemas—. Rojo, deja eso. Hay que largarse...

—¿Qué sucede? —preguntó, abriendo la billetera del cadáver.

—Los municipales.

—Mierda... —dijo y se puso en pie—. No podemos abandonar la casa por la puerta principal.

El inspector inspeccionó el cuarto de baño y abrió la ventana, pero esta daba al muro del edificio contiguo, de varias alturas más.

Maldonado vigiló a la pareja de policías. Se mostraban tranquilos. Alguien les había avisado y ahora preguntaban a un anciano de la calle.

Estudió la situación. La única salida era el balcón. Sus piernas podían resistir la caída con un poco de suerte, se dijo. Si los descubrían, Berlanga tendría un grave problema.

—Esperaremos a que entren y suban —dijo y señaló a la calle—. Yo seré el primero y arrancaré el coche. Después lo harás tú, ¿entendido?

El valenciano dio un respingo y sopesó las instrucciones.

—Yo conduciré.

—No. Tú no tienes ni idea de cómo salir de aquí. Este barrio es un maldito laberinto.

—Está bien... Por una vez, lo haremos a tu manera... Por cierto, he encontrado esto —contestó y le mostró la parte trasera del carné de identidad de la víctima. En él aparecían los nombres de los progenitores—. Julián Quintero Morales se olvidó de renovar el carné hace años... Su nombre verdadero era Julián Quintero Moreau.

—No tengo tiempo para las adivinanzas, Rojo.

—Te lo explicaré más tarde.

El detective observó por la ventana y comprobó que los dos agentes tocaban el timbre de la casa. El sonido alcanzó la primera planta. Los nervios y la adrenalina se apoderaron de ellos. Los municipales comprobaron que la cerradura había sido forzada y pidieron refuerzos por radio. Después intercambiaron unas palabras. Estaban listos para entrar sin la caballería pesada.

—Es nuestro turno —dijo y abrió la ventana que daba al balcón—. Espero que no tengas miedo a las alturas.

23

El detective miró a la calle, sintiendo las pisadas de los agentes en su nunca. Respiró hondo y se frotó las manos.

Uno.

Dos.

Puso el primer pie en la barandilla de hierro del balcón.

—¡Vamos, mueve el culo! —exclamó Rojo, mirando hacia atrás.

Con un poco de maña, cruzó la pierna y después pasó el cuerpo. Ahora venía la peor parte: bajar hasta descolgarse.

Un ejercicio en apariencia fácil y que, sin embargo, resultaba más peligroso de lo que había imaginado en un primer momento. Deslizó las manos, descolgó las piernas y calculó la caída.

«Ahora».

Se soltó y su cuerpo cayó al vacío. El impacto fue más fuerte de lo esperado.

Cayó de rodillas, aguantando su peso con las manos.

Rojo negó con la cabeza. Los otros policías se aproximaban a la primera planta y los refuerzos no tardarían en aparecer.

Maldonado abrió el coche y subió en él. El valenciano repitió la hazaña con más pericia y éxito, sin embargo, cuando se descolgó, una voz les alertó del peligro.

—¡Policía, policía! —gritó una señora mayor desde un balcón.

Rojo corrió hacia la puerta del viejo Volkswagen y Maldonado arrancó el motor. A lo lejos, oyeron las sirenas de los coches patrulla que se dirigían a la vivienda.

—¡Sal cagando leches!

El detective metió la primera marcha, pisó el pedal y una fuerte acelerada retumbó en la calle. Se aproximó al primer cruce, con la pareja de municipales en el espejo retrovisor. Sin tiempo para esperar a que el semáforo les diera paso, se incorporó al tráfico perpendicular que los llevaba de vuelta a la avenida principal.

—Siempre lo tiene que fastidiar algo... ¡Carajo! —exclamó, dando un golpe en el volante.

—Hay que darles esquinazo.

El detective callejeó sorteando el tráfico. Se incorporaron a la larga calle de Bravo Murillo. Calculó la ruta. Un desvío los llevaría hasta la zona del Santiago Bernabéu. Pero el azar no estaba de su lado. El coche de los municipales los sorprendió en el primer cruce que pasaron.

—Los tenemos detrás, Maldonado.

—Hago lo que puedo.

—Seguro que puedes hacerlo mejor.

Al otro lado de la glorieta de Cuatro Caminos, vieron otros dos coches patrulla irrumpiendo en el tránsito que bajaba hacia Bravo Murillo.

—Tenemos que dar la vuelta.

—No hay manera. Están cerrando el acceso a la glorieta.

El carril contiguo que subía hacia la plaza de Castilla estaba obstruido. Entonces, Rojo se fijó en una de las salidas que había a la izquierda y la señaló con el dedo. Tomarla, les obligaba a circular en sentido contrario al de la rotonda. Si no lo hacían, los detendrían en el control y la aventura habría terminado.

—Toma esa salida.

—Es arriesgado...

—No vaciles.

Maldonado vigiló por el espejo retrovisor. Los municipales parecían despistados, pero los refuerzos esperaban al final de la calle.

Agarró el volante y puso la mano izquierda sobre la palanca de cambios. Si fallaba, pensó, ni Berlanga les salvaría de aquello. Observó el sentido contrario. El tránsito subía en la otra dirección. Debía aprovechar una oportunidad para incorporarse a la rotonda, cruzar por medio y meterse de lleno en la salida de su izquierda.

Uno.

Dos.

Metió el embrague, redujo la velocidad y levantó el pedal.

—¡Ahora! —exclamó Rojo.

Pisó a fondo el acelerador y el motor rugió como una motosierra. Los segundos siguientes provocaron un gran desconcierto entre los conductores. Maldonado entró en la glorieta y giró a la izquierda dando un brusco volantazo, hasta que vio uno de los coches que venía de frente.

El vehículo frenó en seco y les regaló un bocinazo. A él se sumó la cola que iba por detrás. El caos activó las sirenas de la policía.

Entraron en un callejón estrecho de un solo sentido y con suelo de adoquines, rodeado de edificios de viviendas de varias plantas, de contenedores de obra y de pequeñas curvas que avecinaban el desastre. Tras ellos, las estridentes sirenas se aproximaban a gran velocidad.

—Haz algo, Maldonado... —comentó Rojo, sujeto a la puerta y comprobando la distancia con el vehículo patrulla —. Los tenemos detrás. ¿A dónde diablos nos lleva esto?

—No lo sé... Espero que a alguna parte.

Continuaron recto, esquivando el mobiliario urbano, los árboles, a los repartidores que cruzaban la calzada. Todos los desvíos hacia la derecha terminaban de regreso a la avenida que conectaba con la glorieta que habían evitado.

Al primer vehículo patrulla se le unió un segundo desde uno de los callejones. Al fondo, vieron una fachada de ladrillo de varios pisos y una señal de tráfico que indicaba el final del trayecto.

—¡¿Calle cortada?! —se preguntó Rojo en voz alta—. Ahora sí que la hemos cagado...

—Agárrate fuerte —indicó y en su rostro se dibujó una sonrisa.

Primero, puso el intermitente, pensando que eso confundiría a los agentes. Después giró hacia la derecha, tiró del freno de mano y utilizó el espacio que tenía delante para hacer un trompo y cambiar de dirección. La maniobra desató el desconcierto entre los agentes. El primer vehículo ladeó con torpeza y frenó en seco, provocando una colisión con el patrulla que lo seguía. Las ruedas del Golf derraparon sobre los adoquines, dejando un olor a goma quemada en el ambiente. Maldonado recuperó el control de la dirección, aceleró con fuerza y salió disparado por la estrecha calle, que pronto cambió de sentido. Con el corazón en un puño y los nervios a flor de piel, regresaron a la calma de la bajada de Aviador Zorita y se alejaron de los coches, entrando por el callejón que rodeaba la basílica de La Merced.

El vehículo aminoró la velocidad.

En aquella vía tenían la sensación de que estarían a salvo.

Maldonado aparcó en batería y apagó el motor.

Los dos hombres se quedaron en silencio unos segundos, sentados en el interior del vehículo, recuperando el aliento como si aún estuvieran jugándose la vida.

Sin cruzar palabra, Rojo bajó la ventanilla y después buscó el paquete de tabaco en el interior de su chaqueta.

—¿Quieres fuego? —preguntó, encendiéndose su cigarrillo y ofreciéndole el mechero.

Maldonado acercó la cara, con un *light* entre los labios.

—Gracias —dijo y dio una bocanada.

El interior se llenó de humo y sonó un profundo suspiro al unísono.

—No creí que fueras capaz de hacerlo.

Maldonado dio una última calada y apagó la colilla en el cenicero del coche. Después se dirigió al inspector.

—Por mucho menos, Asuntos Internos me destrozó la existencia.

Rojo asintió con la cabeza.

—Dios aprieta, pero no ahoga.

El teléfono vibró en el interior de su Barbour.

—Es Berlanga —dijo observando la pantalla.

—Cógelo. Seguro que es importante.

Descolgó y escuchó al inspector. En efecto, Berlanga tenía un grave problema que incumbía a los tres y no estaba relacionado con lo que había ocurrido unos minutos antes.

24

Berlanga tenía la urgencia de reunirse con ellos. Para sorpresa de la pareja, el inspector no se encontraba lejos de allí. Los citó en la plaza de Azca, el enorme parque que separaba la calle de Orense del paseo de la Castellana y que albergaba los grandes edificios de oficinas de una de las zonas financieras de la capital. Maldonado caminó pensativo, preguntándose por las razones de la muerte de Julián Quintero. Rojo permanecía callado.

—¿Te ha dicho qué sucede? —preguntó el inspector, a medida que se acercaban a los bajos de la plaza.

—Parece que está relacionado con la chica desaparecida y con su familia.

Cruzaron los soportales contiguos a la plaza, bajaron las escaleras y se dirigieron hacia el interior del parque. La zona de Azca era un laberinto de cemento y ladrillo. Décadas atrás, cuando Maldonado era un recién llegado al Cuerpo, los bajos estaban llenos de locales de moda, con las discotecas del momento y con los clientes más exclusivos de la ciudad. Era la zona de los aspirantes a ejecutivos que trabajaban en las infinitas torres que quedaban un poco más arriba. Con el tiempo, las crisis económicas y los cambios de era, la zona se convirtió en el refugio de otro perfil de cliente. Entonces llegaron los problemas, las peleas y las detenciones. Cada sábado, los bajos de la calle de Orense, que conectaban con el cinturón subterráneo de la ciudad, se convertían en un escondite sórdido, crápula y desenfrenado para quien necesitaba evitar los rayos de sol de la mañana.

A medida que se acercaban al centro de la plaza, vieron la silueta del inspector, inconfundible con su gabardina, con las manos metidas en los bolsillos frontales y con rostro preocupado. Se mostraba aburrido, interesado en las altas construcciones de su alrededor, o tal vez nostálgico por el que, mucho tiempo atrás había sido su barrio.

Al llegar, Rojo carraspeó. El inspector bajó la mirada y se dirigió a ellos.

—Menuda cara lleváis... ¿Me he perdido algo?

—Te he notado preocupado en la llamada.

—¿Tenéis hambre? Conozco una taberna andaluza de confianza.

***

El Capataz era un lugar colorido, muy concurrido y de ambiente mediterráneo, con la fachada pintada de blanco y azul y con el interior de madera, azulejos y sillas de mimbre. El inspector Berlanga saludó a uno de los encargados, que parecía conocerlo. Este los acompañó a una mesa vacía que había junto a la ventana. El local estaba lleno a esa hora. La mayoría de los comensales, hombres y mujeres de diferentes rangos de edad y repartidos a partes iguales, vestían trajes de oficina y hablaban sobre temas laborales.

Pidieron dos cervezas y un vino blanco para el inspector. Acompañaron la bebida con unas raciones de ensaladilla rusa de la casa, cazón en adobo y jamón de bellota. Cuando sirvieron los tragos, el detective se aclaró la garganta, sediento y expectante. Algo en su interior le decía que su amigo no tardaría en enterarse de lo sucedido.

—Los medios de comunicación nos están presionando para que colaboremos con esa vidente de la tele... Fournier —explicó, echándose una aceituna a la boca—. Lo peor es que el comisario empieza a dudar de si es buena idea o no, ya sabéis, por eso de la imagen pública y el respeto hacia la familia... Por supuesto, no vamos a ir a la televisión, pero insiste en que tengamos en cuenta lo que esa señora puede aportar...

—Parece mentira, Miguel —respondió el expolicía—. Es una estafadora. No hay nada que discutir.

—Ese es el problema. El comisario no opina lo mismo.

—¿Qué hay de Cristina Blanco? —intervino Rojo con su pregunta—. ¿Alguna novedad?

—Hace unas horas, la comisaría de Tetuán nos ha mandado un aviso... Han encontrado un cadáver apuñalado en una vivienda. La víctima es el tipo que buscáis, el del concesionario...

—Julián Quintero —aclaró Rojo.

—Lo siento, sé que era importante para ti —dijo y prosiguió—. Todavía no está clara la razón de su muerte, pero apunta a un ajuste de cuentas.

—¿De qué clase?

—Tenía enemigos y varias deudas económicas. Según la información que poseo, había sido detenido anteriormente por posesión ilícita de armas y agresión física. Por supuesto, nada que lo meta en la cárcel... Así que es probable que le dieran un escarmiento.

—Esta gente suele terminar así —comentó Maldonado.

—Anoche, los vecinos oyeron una discusión. Era habitual en esa casa, por lo que cuentan. También vieron a un hombre saliendo de la vivienda, pero no hay una descripción del individuo. Esperan que lo solucionemos nosotros.

—No me sorprende —dijo Rojo.

—Ni a mí... —respondió Maldonado, apurando el trago de cerveza y recuperándose de la coz de su compañero—. Supongo que tampoco hay noticias del secuestro.

—Nada. Ni una llamada. La familia nos está presionando... ¿Qué tenéis vosotros?

—Poca cosa —arrancó Rojo, evitando que Maldonado se fuera de la lengua—. Sabemos que Marta Robles tenía un vínculo con Quintero y que, probablemente era él quien se encargó de arrastrarla hasta Madrid.

—¿Qué hay de la visita a Rubio?

—No parecía dispuesto a colaborar —continuó Maldonado—. Conocía a Quintero. Lo contrató porque, según él, tenía maña para importar coches usados de alta gama... Tal vez fueran robados. Es un tipo extraño y bastante arrogante. El concesionario no parece funcionar muy bien.

—Es extraño.

—¿Por qué?

—Porque es un hombre de negocios... —aclaró—. Lo hemos investigado por encima. Roberto Rubio tiene dos empresas que pertenecen a dos sociedades diferentes. Una es el salón de ocasión, registrada desde hace diez años. Todo está en orden, no hay ninguna irregularidad...

—¿Y la otra? —preguntó Maldonado.

—Construcciones. Movimiento de tierras. Supongo que es su fuente principal de ingresos.

—¿Qué significa eso?

—Maldita sea, Javier... —comentó el policía, como si aquello fuera importante—. Derribos, excavaciones, obras...

—Duermo poco, no me exijas tanto...

—Tómate el café sin brandy y verás cómo espabilas.

—Muy gracioso... No sé, sinceramente... no me pareció una persona audaz para el dinero.

—En este país, hasta el más tonto hace relojes.

El comentario generó un chispazo que electrocutó al sabueso. Pensando en tipos con suerte, anotó mentalmente regresar más tarde a la oficina de Berruete.

—Volviendo a lo de antes... Habría que indagar en la familia de Quintero —señaló Rojo, despertando la curiosidad de Berlanga—. A veces, nos olvidamos de los pequeños detalles.

—Tomo nota. Veré qué averiguo.

Maldonado aguantó la respiración.

Rojo chasqueó la lengua.

Berlanga se quedó mudo, agarró la copa de vino y la terminó de un trago.

—Llegados a este punto, necesito pediros un favor.

—Tú dirás —comentó el valenciano.

—La Unidad Científica está analizando las pruebas que encontramos. Cabe la hipótesis de que Blanco estuviera escondida cerca de las instalaciones del teleférico, en algún agujero de la Casa de Campo —explicó y se frotó la barbilla, avergonzado—. Una persona desorientada, a esas horas de la noche y en la penumbra, no puede realizar un recorrido muy largo... Puede que le saliera caro su intento de escapar y que no haya vuelto al escondite. Mis hombres llevan dos días peinando la zona sin descanso. Sé que estáis muy metidos en vuestro caso, pero necesitamos encontrar a esa mujer, sea como sea.

—¿Y olvidar al secuestrador? —comentó Rojo.

—La familia está desesperada y esa Fournier afirma que Blanco sigue viva.

—¿De cuánto tiempo disponemos?

—De veinticuatro horas más.

Rojo y Maldonado se miraron.

—De lo contrario...

—Tendréis que pasar de Robles, de Blanco y de todo el tema —aclaró con honestidad—. Mirad, esto se ha torcido y no hay nada peor que un caso mediático. Si me relacionan con vosotros, será el fin de mis días. Me relevarán por otro, rodarán cabezas y buscarán un culpable para zanjar el asunto.

—Los caminos se cruzan y también se tuercen —respondió el valenciano, con voz seria—. Es tu trabajo. No tienes por qué dar más explicaciones.

El inspector frunció el ceño y asintió.

—Agradezco la comprensión —dijo y se levantó de la mesa para marcharse—. Si hay algo, no dudéis en llamar. Estaré pendiente del teléfono en las próximas horas.

Después se despidió y salió del restaurante. Maldonado sintió el peso en la conciencia. Su amigo lo estaba pasando francamente mal, aunque intentara disimularlo. No podía dejarlo tirado.

25

El sentimiento de impotencia los desmoralizó. Los últimos granos de arena se deslizaban en un reloj casi lleno y la templanza psicológica se agrietaba con cada hora que pasaba. Los dos se sentían molestos. Los planes no salían como esperaban y la frustración se apoderaba de ellos.

—Menos de veinticuatro horas es poco tiempo... —comentó Rojo, a punto de tomar las escaleras que salían de la plaza.

—Lo sé.

El inspector lo miró de lado.

—¿Por qué no le has contado lo de la carta?

—Tú mismo has dicho que no le dé importancia.

—Que no se la des tú, pero Berlanga tiene un pie dentro de la comisaría.

—Es igual, nos las arreglaremos. Le pediré ayuda a Marla.

—No metas a la chica en esto...

—No me digas lo que no puedo hacer.

—En fin, tú mismo... —respondió y le dio la espalda—. Nos vemos mañana en tu oficina.

—¿A dónde vas ahora?

—Tengo que hacer algo importante —respondió subiendo los peldaños—. Te lo contaré más tarde.

Sin más explicación, el inspector desapareció en lo alto de las escaleras.

Maldonado prefirió olvidarse del asunto. Poco a poco, comenzaba a entender los códigos de aquel tipo. Rojo era reservado, hermético y se abría cuando quería y no cuando los demás esperaban que pusiera de su parte.

No echaría de menos al inspector por unas horas. No lo necesitaba a su lado para arreglar sus propios asuntos.

Regresó al coche, tomó dirección norte y condujo hacia la glorieta de Cuatro Caminos. A esas horas, la confusión de la mañana había desaparecido. Subió varias calles hasta dar con la sidrería en la que se había reunido con aquel tipo. Giró a la derecha y dio con el almacén en el que trabajaba Berruete. Aparcó en la zona de carga y descarga y bajó del coche.

Respiró hondo para mantener la calma. Estaba un poco nervioso y bastante cansado debido al estrés matinal. No quería perder los nervios antes de hora.

Uno.

Dos.

La puerta del local estaba abierta.

Era un lugar extraño, pero propio para una empresa que se dedica a alquilar maquinaria de obra; paredes blancas, fotografías de excavadoras y un ligero olor a lavanda en el aire; el almacén era pequeño y sólo tenía escritorios y muebles en los que archivaban la documentación. Dedujo que la pesada maquinaría estaría a las afueras, en un local más espacioso y que allí se gestionaría la parte comercial.

Maldonado tocó el timbre, pero nadie le atendió.

Se asomó y notó el resplandor de una luz que salía del interior de un despacho, al final del único pasillo. Sospechó que sería la oficina de Berruete. De la cerradura trasera colgaba un juego de llaves. Lo cogió, dio dos vueltas al cerrojo y sonrió para sus adentros.

Confiado, se preguntó por dónde empezaría, si por el asunto del dinero o por Roberto Rubio. Un gran dilema, reflexionó. Si por él hubiera sido, habría terminado ya con el asunto de las fotos. Berruete merecía un escarmiento.

Carraspeó, empujó la puerta del despacho y se dirigió al interior con paso seguro. Para su sorpresa, la oficina estaba vacía. No entendió nada.

—¿Hay alguien en este maldito almacén?

La respuesta no tardó en llegar.

Sin esperarlo, un extintor lo alcanzó por detrás, golpeándolo de lleno en la espalda y tirándolo contra la mesa. Desprevenido, no pudo defenderse a tiempo. Cayó sobre el escritorio, golpeándose las costillas en el teclado y empujando el mobiliario al suelo.

«¡Mierda!»

Por el rabillo del ojo reconoció al atacante. Era Berruete.

Primero lo golpeaba y ahora corría como un cobarde hacia la salida.

Se levantó de una sola pieza y fue tras él.

Esta vez no habría terceras oportunidades.

Lo vio acorralado, tirando de la manivela, intentando abrir la puerta. El detective, aún dolorido, le avisó de lejos.

—No te molestes, desgraciado... —dijo, mostrándole las llaves, recuperando el aliento. Berruete, vestido con su traje habitual de oficina, se derrumbó y lo miró como un cordero a punto de ser devorado—. Están aquí... Así que será mejor que te relajes... porque que esto irá para largo.

26

Se acercó a él y le propinó un puñetazo en la cara que casi lo noqueó.

—¡No me haga daño, por favor!

—Deja de gritar.

—¡Yo no sabía que era usted!

Un segundo guantazo lo sacó de la histeria, provocando que la sangre corriera por toda su cara. Después le ordenó que se sentara en la silla y que respondiera a sus preguntas. Ese hombre había conseguido lo que Maldonado intentaba evitar: ponerse de mal humor.

—Tú y yo tenemos que hablar.

—Sí, sí... claro... lo que usted diga.

—Teníamos un trato y has faltado a tu palabra, ¡pedazo de basura! —acusó con estridencia—. Mi secretaria me ha informado de que me vas a enviar un abogado.

—No, no es así... De veras, se lo juro...

—No jures, mamonazo, que te saco las muelas.

—Fue una excusa que le puse a mi mujer... Sólo quería mostrarme ofendido...

—Vaya, pues me has ofendido a mí. ¿Quieres que le enseñe las fotos?

—¡Me prometió que conseguiría el divorcio!

Maldonado se acercó a él, lo agarró del pescuezo y le habló al oído.

—¡Mentira! Te prometí unas fotos, pero a tu señora le prometí otra cosa.

—Haga lo que tenga que hacer... —espetó, nervioso. El detective levantó el puño a modo de amenaza y el hombre cerró los ojos, asustado por la reacción—. ¡De verdad que lo siento! ¡Estoy harto de esconderme! ¡Ya no puedo seguir así! Por favor, no me lastime... Ya tengo bastante con lo mío...

Viéndolo con la cabeza gacha y a punto de romper a llorar, el detective sintió pena por aquel tipo. Estaba desesperado, no lo podía ocultar y de nada servía seguir con la presión. Lo soltó de la camisa, buscó el paquete de tabaco en el interior de su Barbour, se apoyó en el borde del escritorio y encendió un *light*.

—Escucha, Berruete... Todos tenemos una mesa coja en casa —respondió refiriéndose a sus problemas personas—, pero no te voy a devolver el dinero.

—Está bien, está bien... Le diré a mi mujer que todo está solucionado. No se preocupe por eso.

Maldonado arqueó una ceja, desconfiado.

—Prueba lo que dices.

—Créame, no quiero mentirle...

—De verdad, Berruete, me has decepcionado. Pensaba que querías el divorcio...

—Y lo quiero, pero, no sé... No puedo hacerles esto. Ellas son mi vida.

«¿Y qué es peor, mentirse a uno mismo o a los demás?», se preguntó en silencio mientras lo observaba. No le hubiese gustado estar en su piel, pero no iba a juzgarlo.

—Como gustes... Quien paga, manda. Yo sólo venía a dejar las cosas claras.

—Está todo solucionado.

—Todo, todo... no —comentó y echó un vistazo a la oficina. Supuso que, para vender maquinaria no necesitaba grandes lujos—. Necesito que me ayudes con otro tema.

El rostro del encargado se estiró, confundido.

—¡Está abusando de mí!

—Ya te gustaría, bribón... —respondió y se rio en voz alta—. Venga, hombre, colabora... que aún tengo las fotos.

—Es usted un ser vil, Maldonado... Espero que, con esto, terminemos para siempre.

—¿Te suena el nombre de Roberto Rubio?

El hombre resopló. Sentado en la silla, se rascó la cabeza y reflexionó unos segundos.

—Rubio, Rubio... Sí, sí que me suena.

—¿Es cliente vuestro?

—Puede que sí... Algunas compañías nos subcontratan. Tendría que comprobarlo en el ordenador.

—Fenomenal, pues haz tu trabajo y pregúntale a la máquina... Rubio tiene una compañía que se dedica a los derribos, a las excavaciones...

—Movimiento de tierras.

El hombre se sentó frente al teclado y entró en un archivo.

—Muy bien, Berruete. Lo estás haciendo muy bien... —dijo, después pegó una calada y apagó el cigarrillo en una lata de refresco vacía—. Ahora, cuéntame más sobre él.

—Rubio, Rubio... Roberto Rubio, aquí está —comentó, señalando un documento en la pantalla—. Ha sido fácil. La empresa lleva su apellido.

—¿Ves? Vamos avanzando en la dirección correcta.

—¿Está investigando a este hombre?

—No preguntes y léeme que dice la ficha.

Berruete asintió y comenzó a leer en voz alta. Su tono era tan insoportable, que el detective no entendía nada.

—Espera, espera... Mejor, imprime una copia de las facturas y ya las leeré en casa.

El hombre se quedó paralizado.

—Es ilegal compartir información. La ley de protección de datos dice que...

Maldonado le dio una palmada en la espalda que lo puso recto.

—¡Berruete, por Dios, que hay confianza! —dijo, sonriéndole—. No lo estropees.

Si no lo hacía, sabía a lo que se enfrentaba.

***

Con los documentos en la mano, se despidió como si no hubiera ocurrido nada.

—Aunque no lo parezca, estás haciendo una buena obra.

—Váyase antes de que me arrepienta.

—Me aseguraré de que las fotos no salgan a la luz.

—Gracias.

—Pero, de una manera u otra, ¡ordena tu vida, carajo! No eres el único que sufre viviendo una mentira.

Se marchó de la oficina con una inquietud extraña que lo recorría por dentro.

Se había hecho de noche, la temperatura era baja y quería regresar a casa.

En el teléfono tenía varias llamadas perdidas de Marla.

«Hoy todo puede esperar. Mañana, quizá no», se dijo, con la cabeza atascada, desplazándose hacia el coche. Cuando llegó al viejo Volkswagen, el interior parecía un iglú. Respiró hondo, notando el vaho de su aliento y ojeó las facturas por encima.

—No me lo puedo creer.

Una vez más, su corazonada era cierta.

Necesitaba contárselo a Rojo, pero recordó que no había manera de localizarlo.

27

---·---

Los bajos de Argüelles se quedaban solitarios a la hora de la cena. Aparcó con suerte, a dos calles de su portal y caminó entre las sombras y las siluetas de los vagabundos del paseo del Rey. Se sentía abrumado, guiado por su instinto, a punto de llegar a una conclusión.

Antes de entrar en el portal, observó la luz encendida en la Taberna del Príncipe. El interior del bar estaba a medio gas. No había fútbol ni parroquianos. Observó a dos hombres apoyados, manteniendo una discusión. La camarera atendía a la televisión y secaba una copa de cristal. Todavía faltaban dos horas para el cierre y tenía la nevera vacía.

—¡Buenos noches, guapa! —dijo al entrar, cruzando el estrecho hueco de la puerta para sentarse en una mesa. Esa noche necesitaba estar solo. Los hombres saludaron con el rostro y continuaron con su conversación.

—¿Qué te pongo, rey? —preguntó la empleada.

—Un tercio.

—¿Nada para picar?

—Dame un respiro.

—Vale, como quieras —dijo ella, amable y servicial.

Le sirvió la cerveza con una tapa de chorizo y queso curado. Maldonado dio el primer trago e intentó evadirse de su entorno y apartó el plato a un lado de la mesa, para no manchar los papeles de aceite.

Ante sus ojos, una factura con fecha de siete años atrás por el alquiler de una excavadora.

«Doce meses después de que Marta Robles comprara el inmueble».

Siguió leyendo.

Ochocientos euros, dos días de renta. El motivo no constaba en el documento. La empresa de Berruete sólo arrendaba la maquinaria.

Comprobó el resto de las facturas. Las fechas cambiaban, pero el número de máquinas era mayor. Berruete le había mentido, fingiendo no conocer a su cliente. Rubio había contratado sus servicios durante años.

Sacó el teléfono y escribió a Berlanga para que investigara los proyectos de la compañía del empresario.

Las diferentes evidencias implicaban a Rubio en la desaparición de Robles, pero un pálpito le hacía desconfiar de las pruebas.

«Debe de haber algo más... Rubio no es tan inteligente».

La televisión retransmitía los informativos de la noche. Las noticias no tenían relevancia alguna y pasaban como imágenes de un carrusel. De pronto, el presentador conectó con un periodista de Madrid. Reconoció el entorno. El equipo de televisión se había desplazado hasta la comisaría Centro de la calle de Leganitos.

«Demonios... Berlanga», lamentó.

—¿Puedes subir el volumen de la televisión? —solicitó.

Enseguida entendió que el reportero se había plantado para incordiar y presionar al Cuerpo. La cadena de televisión era la misma que financiaba el programa de tarde en el que aparecía la médium. El periodista informaba sobre el avance de la desaparición de Cristina Blanco.

—Sorprendedme... —murmuró y dio un sorbo a la bebida.

«Hasta el momento, fuentes de la Policía se niegan a hacer declaraciones sobre la vidente Madame Fournier y su colaboración. Recordemos que Fournier ha ofrecido públicamente sus aptitudes para dar con el paradero de Cristina Blanco, ya que siente que sigue con vida. La familia de la desaparecida insiste en que toda ayuda es buena y lo importante es encontrar a su hija con vida».

—Esto se pone feo... —murmuró, llegando a los hombres que había en la barra.

—Apaga y vámonos —comentó uno de ellos—, si la Policía necesita los servicios de la Bruja Lola para encontrar a una persona...

—Esto es puro morbo para ganar audiencia —respondió el otro—. Lo más probable es que la chica esté muerta.

Maldonado se llenó de rabia al escuchar las opiniones. Tenían razón y no podía hacer nada por cambiarlo. Si Rojo no hubiera aparecido, aquel problema se podría haber resuelto de otra manera, pensó, pero era un poco tarde para lamentarse por ello. La retransmisión en vivo dio paso a unas imágenes del programa en el que aparecía la vidente. Madame Fournier era apuesta ante la cámara y a él no le sorprendió que se saliera con la suya cuando así lo deseaba. Los videntes habían tenido su época en televisión, dos décadas atrás. Formaban parte del imaginario popular, como puro entretenimiento. Pero Fournier era más que eso. Además de seductora, irradiaba cercanía y proyectaba fe, como si todo fuera posible.

Dio un segundo trago al botellín hasta dejarlo por la mitad. Su cabeza funcionaba como el programa de centrifugado de una lavadora.

Se levantó de la silla, pidió un bolígrafo y agarró una servilleta de papel que decía GRACIAS POR SU VISITA.

«Regresemos al principio de todo», se dijo, anotando los nombres que aterrizaban en su cabeza.

Era evidente que existía una conexión entre Roberto Rubio y Julián Quintero. Y en esa relación había algo extraño para él.

Marcó un interrogante sobre el fino papel.

Acto seguido escribió el nombre de Marta Robles quien, de alguna manera, habría establecido contacto con Rubio.

Era difícil no hacerlo. Después de todo, él firmaba los contratos de compra y venta de los vehículos.

«Marta Robles vendió su coche y también su piso», recordó y dibujó una flecha que salía del nombre del empresario.

Dibujó un segundo interrogante.

Las burbujas corrían por sus venas y el éxtasis del momento lo abstrajo de lo que sucedía en el bar. La pareja de la barra se marchó del local. Terminó el botellín, pidió otro y la camarera, pendiente de él, le ofreció un pedazo de empanada.

—Vamos a recoger la cocina. Es hora de cerrar.

Hasta el momento, lo que tenía de Rubio era un callejón sin salida. No podía avanzar hasta que Berlanga no hiciera su parte. Bajó la vista unos centímetros y se rascó la sien.

De nuevo, esa mujer en la pantalla.

Fournier gozaba de fama y era probable que le estuvieran pagando un buen sustento por aparecer en la televisión.

«¿Qué te hace estar tan segura?»

Podía estar tirándose un farol, pensó, o quizá jugara sobre seguro para aumentar su prestigio.

Un pronóstico fallido arruinaría su carrera.

Sin estar del todo convencido, anotó el nombre de la mujer.

Alzó la vista y prestó atención a las imágenes.

Ella no camuflaba el deje francófono que sus años en España no habían logrado limar.

De pronto, una cámara enfocó a sus manos con un plano cenital. Los dedos de la vidente barajaban las cartas. Las repartió sobre la mesa y destapó una de ellas.

«No, no puedes ser tan provocadora».

Sintió un calambre en la pierna, acompañado de una fuerte taquicardia que tensó el resto de su cuerpo.

La mujer destapó una segunda carta, a la vez que movía las palmas de las manos sobre ellas.

Los dibujos de los naipes tenían el mismo estilo que los que habían dejado las víctimas y también estaban escritos en francés.

«¿Un acierto entre un millón? Dime que me ha tocado la lotería...», se cuestionó, relacionado las cartas con ella y rodeó el nombre con un círculo.

Era tarde, pero no le importó y envió un segundo mensaje al inspector con el nombre de la vidente.

«Saca lo que puedas de esa bruja. Tengo una teoría que podría servirnos».

Dio un largo suspiro ante la sucia servilleta.

Nunca creyó en las casualidades.

Entonces vio la panorámica. Marta Robles, Julián Quintero, Roberto Rubio y Madame Fournier. Como piezas de dominó al caer, un nombre empujaba al siguiente.

Era descabellado, maquiavélico, pero verosímil.

Fournier era inteligente, cautivadora y ambiciosa, pero, ante todo, una estafadora. Quintero era su cebo y Rubio, además de su marioneta, tenía medios para desvalijarla y hacerla desaparecer.

Dio una larga respiración. Sentía que se acercaba a algo, pero necesitaba darle un par de vueltas más.

«¿Eres tú, Madame?».

Debía encontrar la razón que unía a Rubio con esa embustera.

—Maldonado... —dijo la camarera, sacándolo del trance —. Es hora de irse a casa.

—Claro... —respondió, todavía aturdido. Buscó un billete y se lo ofreció—. Cóbrate, por favor.

—Tranquilo, invito yo... La caja está cerrada —dijo ella esperando a que se levantara de la silla y se fuera del local —. Te vendría bien descansar. Presiento que llevas varios días sin hacerlo.

—No seré yo quien te contradiga —dijo, guardando la servilleta en el interior de su abrigo y se marchó del bar.

28

Despertó desorientada, con la boca reseca y el corazón acelerado. La muerte la miraba de reojo, pero aún lograba respirar. El aire húmedo entraba por los bajos de lo que parecía una puerta de madera. Reconoció el hedor. Había regresado al sórdido zulo. Cristina Blanco llevaba más de veinticuatro horas allí dentro, sin tener contacto con el exterior. La sacudida la había dejado aturdida. Le dolía la cabeza un infierno y le costaba pensar con claridad. Al acariciarse la sien percibió sangre reseca en lo alto del cráneo. También apreció que había perdido su medallón. Se sintió derrotada, hundida. La esperanza de salir con vida menguaba con cada minuto que pasaba. Había logrado escapar una vez de ese agujero, aprovechando un error humano. Pero no correría la misma suerte esta vez.

Se levantó del sucio colchón que le habían dejado y empezó a golpear la puerta con las pocas fuerzas que le quedaban. Quizá alguien iría a socorrerla.

Ni siquiera era capaz de razonar.

Esa madrugada logró oír unas pisadas al otro lado de la reja. Retrocedió unos pasos y se puso en alerta. Suplicar no serviría de mucho. El plato de arroz de la mañana seguía intacto. Cristina empezaba a ver su final, aunque no quisiera creer en él. Puede que la profecía se hubiera cumplido, se dijo, entristecida, y que los espíritus del mal hubiesen llegado para llevársela. Pero ella no quería marcharse, no tan pronto. Algo en su interior la obligaba a sobrevivir.

Las pisadas crujían sobre la grava.

«Por favor, que alguien me ayude», rogó en silencio, temblando, cruzando las manos.

Los pasos se detuvieron frente a la entrada. El resplandor de una bombilla entró en el interior del pasadizo. Como un perro asustado, regresó al colchón y se tumbó para fingir que seguía dormida. No quería llamar la atención de aquella presencia, ni tampoco meterse en más problemas. La agonía se apoderaba de sus huesos.

Entre las rejas apareció una mano con guantes de cuero. Revisó el plato de comida e introdujo una botella de agua.

—¡No! —gritó y corrió hacia la puerta. Golpeó con los nudillos las barras de acero, haciéndolas temblar, pero fue inútil—. ¡Sacadme de aquí, por favor! ¡Os lo suplico! ¡Os daré dinero! ¿Es eso lo que queréis? Por favor, no aguanto más...

Al otro lado oyó una risa sórdida y grave.

Insistió con fuertes golpes hasta que se cansó y cayó de rodillas, presa del hastío y de la impotencia. La sombra seguía allí, plantada, como si disfrutara con aquello.

—Come y descansa —dijo, finalmente, la voz—. Pronto habrá terminado todo.

—¿Por qué me has metido aquí? ¡Sácame, por favor!

No obtuvo respuesta.

El eco se perdió entre las paredes.

Las pisadas se alejaron, dejando en ella un poso de soledad. Su fortaleza no aguantaría mucho más allí dentro.

Derrotada, se acurrucó en el colchón, cobijándose del frío, cerró los ojos y oró. No era religiosa, pero esa noche rezó a todos los dioses para que un milagro ocurriera.

Las horas de Cristina Blanco llegaban a su fin.

29

Día 4.

Viernes.

Otra pesadilla. En esta ocasión, no tenía relación con el tarot, pero Marla había vuelto a aparecer en ella. La secretaría corría hacia un túnel oscuro, gritando su nombre y él tenía los pies pegados al suelo, incapaz de moverse.

«¡Javier, sálvame!», bramaba, desesperada, pero Maldonado, por mucho que estiraba su brazo, no alcanzaba sus muñecas.

Fue un sueño confuso y descartó la idea de una premonición.

Despertó con el cuerpo dolorido y los músculos entumecidos. Abrió los ojos y se dio cuenta de que no había dormido en su cama, sino en el sofá del pequeño salón.

—Qué demonios... —murmuró.

Después vio el ordenador encendido sobre la mesa, tal y como lo había dejado, con una ventana del navegador abierta. En la pantalla aparecía el nombre Madame

Fournier. La noche anterior había hecho sus pesquisas sobre la vidente hasta quedarse dormido. Junto al dispositivo electrónico halló un cenicero lleno de colillas y un vaso con restos de whisky.

Comprobó la hora en el teléfono.

La jaqueca le impedía razonar y Cristina Blanco seguía desaparecida.

Se levantó del sofá y entró en la ducha. El agua helada lo espabiló. Cuando salió del baño, se vistió y comprobó el teléfono móvil. En su ausencia, Berlanga le había enviado varios mensajes. Las sugerencias del detective llegaron a la comisaría Centro como un destello en plena noche en medio de un océano. El inspector quería mostrarle lo que había encontrado.

Se preguntó dónde estaría Rojo, dónde se habría metido la noche anterior, e intuyó que, cuando menos lo esperara, aparecería.

Salió de casa directo a la oficina. En el fondo de sus entrañas quería asegurarse de que la secretaria se encontraba a salvo.

—¡Javier! —exclamó Marla cuando abrió la puerta. Verla en su escritorio como cada mañana, le produjo un gran alivio—. ¡Qué susto me has dado!

—Yo también me alegro de verte —dijo, parado frente a ella.

La chica lo observó, desconcertada.

—¿Va todo bien? Te noto un poco raro...

Salió del trance con rapidez, antes de que leyera sus pensamientos. Marla no era vidente, ni tenía capacidades sobrenaturales, pero poseía un talento innato para averiguar lo que pensaba.

—Es este maldito caso... Me está volviendo loco.

—Si me contaras algo, podría ayudarte.

—De eso quería hablar... —dijo y se apoyó en el escritorio.

Sacó la carta del interior del abrigo y se la entregó.

Ella la contempló asustada.

—¿Otro mensaje?

—Más o menos.

—El Diablo —respondió y alzó la vista hacia él—. ¿Hay otra persona desaparecida?

—Esperemos que no. ¿Te dice algo?

—No, pero lo puedo buscar, espera... —respondió, tecleó con énfasis y leyó con los ojos iluminados por la pantalla—. El Diablo es uno de los veintidós arcanos mayores que existen... Representa al ser humano y sus vicios, sus deseos materiales, sus pecados capitales... Espera, hay algo más... Aquí explica que, popularmente, se asocia al Diablo con la maldad, con lo oscuro, con las sombras, pero es incorrecto. El Diablo forma parte de nosotros y aprender de él, nos ayuda a crecer como personas.

Maldonado la miró de soslayo. No había entendido nada.

—¿Eso dice?

—Sí.

Se rascó la barba, volvió a observar la carta y se fijó en un detalle.

Hasta el momento, no le había dado importancia. Las figuras de los naipes desviaban la atención.

—¿Crees que no estoy al corriente de lo que sucede? Veo las noticias, leo los periódicos y sé cuándo algo no va bien.

—Espera, estoy pensando...

—¿Qué ocurre, Javier? Es por Cristina Blanco, ¿verdad?

—Necesito que hagas algo por mí...

Pero Marla seguía hablando.

—Por cierto, el inspector Berlanga ha llamado tres veces en la última media hora —explicó, haciendo un gesto de enfado—. Dice que no sabe dónde te metes, que no respondes a sus llamadas y que la situación no está para jugar al escondite. Parecía muy nervioso, lo cual, es raro en él...

—Lo llamaré en un minuto —respondió ignorándola y le mostró las imágenes que Berlanga les había compartido—. ¿Recuerdas las cartas que te comenté?

—Sí. El enamorado y el sol.

—La primera la encontraron entre las pertenencias de Cristina Blanco, antes de desaparecer. La segunda, ocho años antes, entre las de Marta Robles.

—Entiendo. ¿Y la última?

—Era para mí. La dejaron en mi casa.

Los ojos de Marla se abrieron como platos.

—¡Javier! ¿Por qué no me has dicho nada?

—Es más complejo que eso —respondió, tajante—. Si te fijas, parece que pertenecen al mismo mazo.

—Lo sé. Forman parte del Tarot de Marsella.

Él arqueó una ceja.

—¿Cómo sabes eso?

—Soy curiosa por naturaleza... Además, me aburro mucho en la oficina. ¿Crees que pertenecen a la misma persona?

Maldonado dio un respingo y se llenó de paciencia. Su cabeza centrifugaba a toda velocidad.

—¡Es de locos! —exclamó y se rascó la cabeza—. Hay cientos de videntes en esta ciudad.

—Puedo preguntarle a alguien.

—¿A quién?

—Tengo tiempo libre, Javier. Además, el teléfono no ha sonado en las últimas horas...

Él la miró y ella puso cara de inocencia.

—Está bien, tú ganas. Quédate la carta y averigua lo que puedas sobre ella... Quién las distribuye, quién las vende, dónde se pueden conseguir... Iremos cerrando el cerco.

Marla asintió sin reproches.

—¡Ah! Lo olvidaba... Ha llamado la señora García.

—¿Otra vez?

—Tranquilo... Está todo en orden. No sé lo que hablarías con su marido, pero ha decidido dejar las cosas como están.

—Por fin, una buena noticia...

El teléfono sonó en la mesa de Marla.

Maldonado levantó el dedo para indicarle que él se haría cargo de la llamada.

—Yo lo cojo. Será Berlanga —dijo y descolgó—. ¿Sí?

La voz tardó unos segundos en responder.

Tuvo un mal augurio de aquello.

—Apártate del caso... Maldonado... o sufrirás una desgracia... Estás advertido.

La voz estaba distorsionada.

—¿Quién llama?

La línea se cortó y él se quedó mudo, con el aparato al oído.

—¿Javier? Está comunicando...

El timbre de la oficina desvió la atención.

Era Rojo.

—Siento haberme demorado.

—¿Todo bien, inspector?

—Tenemos que hablar con Berlanga, ya mismo.

—Vaya, parece que os habéis puesto de acuerdo esta mañana... —comentó la secretaria.

—¿Y eso?

—Berlanga ha intentado localizarme.

—¿Nos vamos?

El detective se dirigió a la secretaria.

—Llámame, ¿de acuerdo?

—Por supuesto. ¿Javier?

—¿Sí, Marla?

—Lleva cuidado.

La chica se quedó observando al detective con preocupación. Su rostro seguía descompuesto tras la llamada, a pesar de ocultarlo con su actitud.

—Venga, Maldonado. El reloj no da tregua.

Los dos sabuesos se despidieron y salieron del despacho. Cuando llegaron al ascensor, el detective se dirigió al valenciano:

—¿A qué viene tanta prisa?

—He encontrado un nexo entre Quintero, Fournier y Rubio.

El detective recordó lo que había averiguado por su cuenta.

Con un poco de ayuda, los avances de Rojo ayudarían a resolver el rompecabezas.

—Vaya, qué casualidad... porque yo también he dado con algo —contestó—. Te iba a llamar, pero...

—Odio los teléfonos. Nunca sabes quién está detrás. Prefiero decir las cosas a la cara.

—No hace falta que lo jures.

—¿A dónde vamos?

—De momento, voy a llamar a Berlanga —respondió cuando salieron a la Gran Vía—. Me preguntó dónde nos citará esta vez.

30

El inspector los citó en el mirador del Cerro del Tío Pío, más conocido como el parque de las Siete Tetas de Vallecas, debido a las colinas con forma de seno que lo formaban. Un mirador insólito, fuera del recorrido turístico habitual que pasaba por el centro de la ciudad, donde se podía contemplar una panorámica de la capital casi entera, del norte al sur, con la sierra al fondo y con el pirulí de Televisión Española a lo lejos.

Subidos en el viejo Golf y con la música del Salmón por los altavoces, recorrieron el cinturón de la M-30 en una mañana soleada, propia del invierno mesetario que contaba sus últimos y gélidos latigazos antes de la llegada de marzo y sus lluvias.

Salieron por el desvío de la A—3 y subieron hasta los alrededores del mirador. A lo lejos, sentado en el bar de la terraza, reconocieron a Berlanga, vestido con su abrigo beige, tomando un café y contemplando las hermosas vistas de la ciudad.

—Vaya, Batman y Robin... —dijo, frotándose las manos, cuando los vio. El detective intuyó que no estaba de humor. El sarcasmo era su mecanismo para manifestar el nerviosismo que lo corroía por dentro—. ¿Mucho tráfico?

—El de siempre. Podría haber sido peor.

—Hazte un favor, Javier —comentó Berlanga— y cómprate un coche nuevo.

—¿Otra vez con hemorroides? No la pagues conmigo.

Rojo se rio y Berlanga los miró desairoso.

—En fin... Demos un paseo —comentó, evitando que los camareros escucharan la conversación. Después se dirigió a la barra del chiringuito, pagó y regresó a ellos—. Nos vendrá bien el aire.

***

A esas horas, el parque estaba vacío, a excepción de los escasos deportistas y de los paseadores de perros. Poco a poco, la investigación había absorbido a cada uno por su cuenta. Los tres tenían mucho que decir. Berlanga decidió tomar la iniciativa y romper el hielo. Él había sido quien los había arrastrado hasta allí.

—Como podéis imaginar, no os he traído para disfrutar del paisaje —comentó y guardó unos segundos de silencio—. Ayer me plantaron un micrófono y una cámara en la puerta de la comisaría. No conviene tener a la opinión pública en nuestra contra, pero me están entrando ganas de mandarlos al carajo... La gente quiere que encontremos a Cristina Blanco con vida. También lo quiere el comisario, la alcaldesa y hasta el sursuncorda, por si éramos pocos... Por supuesto, yo soy el primero que desea que todo acabe.

—Estamos escasos de tiempo.

—Soy consciente de eso.

—¿Seguimos contando con el apoyo del comisario? —preguntó el detective.

—Está aguantando su palabra, que ya es bastante... —dijo, hizo una pausa y continuó—. Sobre los nombres que me diste: investigué sus fichas y... en efecto, he encontrado algo. No hay rastro legal de Quintero, ni un maldito contrato de trabajo.

—¿Y la familia? —preguntó Rojo.

—No tuvo suerte. Seno familiar complicado. La madre era francesa y murió hace siete años en España. El padre prefiere no hablar. Vive ahora en Oviedo con su segunda mujer y no ha querido saber de su hijo.

—¿Cómo se llamaba la madre?

—Clara Moreau. El hijo españolizó el apellido tras su muerte.

—¿Se conoce la causa?

—No... Mala relación, a saber... y más si hablamos de un tipo como Quintero. La gente lo hace para enterrar sus sentimientos.

—Es curioso, porque no existe ningún certificado de defunción en el Registro Civil —respondió Rojo—. Ni de Moreau, ni de Morales.

Los otros lo miraron confundidos.

—¿Cómo dices? —preguntó Berlanga.

—Que esa mujer no falleció.

El inspector dio un respingo y entornó los párpados.

—¿Y tú cómo sabías de su origen francés?

Impasible, respondió:

—Tengo mis contactos.

«Qué poco original, amic meu», pensó, burlón, el detective, observando la escena.

—Ajá... —respondió Berlanga, poco convencido.

Los tres hombres continuaban con el paseo, siguiendo la senda del camino que bordeaba el cerro.

—Los de la Científica han sacado muestras de arcilla en varias de las huellas que encontramos en la zona del teleférico. Pertenecen a dos tipos de calzado diferente.

—¿Arcilla?

—Sí, barro. La Casa de Campo es un secarral, así que Cristina Blanco debió de salir de alguna clase de agujero húmedo... Dado que hay una fuente cercana, la brigada ha inspeccionado a fondo los dos búnkeres de la guerra, pero están soterrados desde hace años.

El detective reflexionaba en silencio.

—Todo parece cobrar sentido —murmuró.

—¿Qué tienes tú, Maldondo? —preguntó Berlanga, intrigado.

Metió la mano en el bolsillo y sacó las distintas facturas que le facilitó Berruete.

—He hecho mis deberes... —dijo y se las entregó—. Ahí constan los diferentes servicios que la empresa de Rubio subcontrató a una compañía de excavaciones. Una de ellas es de hace siete años. Uno después de que Marta Robles llegara a Madrid. Rubio sólo encargó una máquina y por dos días. En el resto de las facturas, la cantidad de maquinaria aumenta.

Rojo revisaba los documentos.

—¿De dónde has sacado esto?

—Yo también tengo mis contactos —respondió con una sonrisa burlona.

—Interesante —comentó Berlanga—. Hasta donde hemos llegado, la empresa de Rubio ha trabajado en varios proyectos públicos de gran envergadura... Uno de ellos fue la reforma del lago artificial de la Casa de Campo.

—El día que lo visitamos... —comentó Rojo—, tenía las suelas manchadas de barro.

Los ojos de Maldonado y Rojo se clavaron en el rostro del inspector.

—¿Y no te dice nada?

—No le dimos importancia.

Berlanga suspiró. Sabía a lo que se refería.

—Maldigo su sombra, ¡carajo! Hay que ponerse en marcha.

—Esperad, antes de llegar a una conclusión... —comentó el detective.

Sentía que la hipótesis estaba incompleta. Rubio era demasiado bravucón para planear algo tan sólido.

—No, escuchad, se nos agota el tiempo —interrumpió Berlanga, mirando el reloj de pulsera—. Ahora sabemos que Rubio tiene todas las papeletas, aunque carecemos de evidencias reales para acusarlo. Si está detrás de la desaparición de esa mujer, iremos a por él, pero por la vía legal. Siento el aliento del comisario en mi nuca.

—¿Qué hay de la vidente?

—¿Por qué insistes en ella, Javier? Caso cerrado, ¿no lo ves?

—Fournier podría tener un parentesco con la familia Fournier famosa, la de las barajas —explicando lo que había encontrado en la Red—. El abuelo era un estafador y huyó de Francia cuando se vio en problemas.

—No te creas todo lo que lees por ahí —prosiguió Berlanga—. He revisado su historial. Es española y no tiene antecedentes. Lleva varios años de alta como autonómo. Montó un negocio de terapia emocional y espiritual.

—Un consultorio de clarividencia —añadió Rojo.

—Llámalo como quieras. En este país, la mentira consentida no es un crimen... Además, es intocable.

—¿Intocable? —repitió Rojo.

—Sí. Tiene muy buenos contactos, gente de la política, ministros, expresidentes, famosos de la televisión...

—Eso es un disparate.

—No en este país. La gente necesita escuchar lo que quiere oír.

—Tengo un presentimiento de que ella sabe algo —insistió el detective.

—¿Qué? —preguntaron los otros dos.

—De lo contrario, ¿a qué viene el circo que está montando? —explicó, aunque sus compañeros no entraban en razón— Además, si nos acercamos a Rubio sin pruebas, lo ahuyentaremos. Hablemos con ella, nada más.

—No nos podemos acercar a ella sin más. ¿Eres consecuente con lo que dices?

—Tú no puedes. Yo, sí.

—Olvídalo. Todo el mundo sabe quién eres y a qué te dedicas en esta ciudad.

—¿Ni siquiera os mosquea que esté tan segura de que Cristina Blanco sigue con vida? ¡Porque ni yo puedo confirmarlo!

—Se montará un pollo mediático... —arguyó Berlanga—. Tiene detrás a los medios.

—No suelo estar de acuerdo con lo que dice, pero lleva la razón. Sin pruebas, necesitaríamos más tiempo para acusar a Rubio. Pero no tenemos ni evidencias, ni margen de maniobra.

—¿Y estas facturas no sirven de nada?

—No justifican su empleo —lamentó Berlanga. Después cruzó los brazos y los miró con enfado—. Maldita la hora que os junté... Me voy a jugar el cargo con esto...

El detective se acercó a su amigo y le dio una palmada en el hombro.

—Nadie habla de una detención. Si resulta que es una farsante, te la quitarás de en medio.

—Estás chalado... ¿Y si realmente sabe dónde está?

Rojo sonrió.

—Entonces... caso resuelto.

31

Berlanga accedió a la sugerencia del detective. El tiempo se les había agotado y no tenían pruebas para detener a Rubio. Sin el consentimiento del comisario, decidió tomar acción y seguir la intuición de Maldonado. Era consciente de que el detective tenía un don para resolver los casos y que su talento era innato, pero la desesperación y la presión de los dos hombres también lo llevó a fiarse de su criterio. Para cubrirse las espaldas, ordenó al inspector Ledrado que vigilara la residencia del empresario, antes de que el sospechoso principal desapareciera.

Por su parte, había algo en todo aquel plan que inquietaba al detective. Estaba convencido de que aquella era la única vía para atar algunos cabos sueltos sobre la teoría que barajaban, pero no le entraba en la cabeza que alguien como Fournier pudiera tener una mente tan retorcida. Cuando compartió sus devaneos con los compañeros, la explicación de Rojo fue concisa:

—Nunca llegamos a entender del todo cómo funciona el comportamiento humano.

Regresaron al centro y tomaron rumbo a los estudios de televisión. Esta vez conducía el inspector madrileño y lo hacía desde su flamante sedán alemán. Los estudios se encontraban a las afueras de Madrid, pegados al cinturón que rodeaba la ciudad. Esa tarde, tal y como anunciaban en televisión, Madame Fournier aparecería en pantalla. Llegaban con antelación para evitar imprevistos. Cuando terminara su participación en el programa, la esperarían en la parte trasera de los estudios y le pedirían que los acompañara a comisaría. Fournier no podría oponerse. Lo que aparentaría ser una invitación para colaborar en el caso, terminaría convirtiéndose en un interrogatorio.

—No quiero numeritos. Vamos en son de paz. Ni siquiera mis compañeros están al tanto de la visita.

—Descuida —comentó Maldonado—. Lo último que me apetece es un baño de multitudes. ¿Qué hay de él?

Las palabras señalaron al inspector valenciano.

—¿Qué hay de mí?

—Me encargaré de explicarlo más tarde —contestó Berlanga, barriendo la respuesta con la mano—. Nadie tiene por qué cuestionar lo que diga, ¿verdad?

—Tú eres el jefe. Tú mandas.

Y así era. Con Berlanga por delante, a nadie le sorprendería la visita de Rojo en la comisaría. Tampoco la de Maldonado que, desde que lo echaron del Cuerpo, seguía dejándose ver por allí, aunque su presencia nunca fuera bien recibida.

Estacionaron en el enorme aparcamiento que unía los diferentes estudios privados de televisión. La ciudad comenzaba a quedarse pequeña para el detective que, por alguna razón, sentía que siempre terminaba en el mismo lugar.

—Bien, ya estamos aquí... —comentó Berlanga, nervioso y rígido, antes de apagar el motor—. Lo dicho, nada de escenas...

—Maldita sea, Miguel... Confía un poco en nosotros.

—La verdad es que no —dijo, lamentando lo que estaban a punto de hacer—. Dios nos pille confesados.

Abandonaron el vehículo y cruzaron la puerta principal que llevaba a la recepción y a los tornos de entrada. Los dos guardias de seguridad que vigilaban, los miraron con recelo. La presencia no pasó desapercibida. Más que dos policías y un renegado tenían el aspecto de tres gánsteres enviados por el mismísimo Al Capone.

—Buenas tardes —dijo Berlanga, dirigiéndose a la empleada, con autoridad. Después le enseñó la placa—. Buscamos a la señora Fournier. Tenemos constancia de que se encuentra en este edificio.

Por una de las pantallas aparecía la presentadora del programa en el que colaboraba la médium. En apenas unos minutos, Fournier entraría en plató para dar rienda suelta a su espectáculo.

La chica se quedó paralizada. No supo qué contestar. Maldonado tuvo la impresión de que sus piernas temblaban tras escuchar al compañero. Una placa siempre era sinónimo de conflicto. Por allí no estaban acostumbrados a la presencia policial y cualquier atisbo de autoridad generaba tensión en el ambiente.

—Un momento —dijo la chica y descolgó el teléfono. Antes de marcar la extensión, Rojo se deslizó por la superficie y pulsó la tecla para colgar—. Perdone... pero ¿qué hace?

—¿Todo bien por aquí? —preguntó la voz ronca de un guardia que se aproximó.

—Sí —dijo ella, asustada.

Berlanga asintió con la cabeza.

—¿Me puede enseñar sus credenciales? —preguntó el centinela y le hizo una señal visual al compañero.

Rojo sacó su placa y se la puso en la cara.

—¿Es válida?

El guardia reculó y regresó a su puesto.

—Escuche, señorita. Llame al jefe de dirección —respondió Berlanga—. No queremos interrumpir el programa.

—Sí, así haré.

—Gracias... —contestó y miró a los otros dos. Después se fijaron en la pantalla. La presentadora daba paso a los colaboradores de ese día. Era un programa insulso, burdo y de entretenimiento, pero capaz de mantener a un cuarto de la población pegado al televisor.

La recepcionista llamó, se comunicó con alguien por el teléfono y acató las órdenes que le dieron. El aviso, aparentemente inocente, activó la alarma mental del detective. Sospechó que era probable que les tendieran una trampa, así que debían ser discretos si no querían que los fotografiaran en un descuido.

La chica los acompañó hasta los tornos de acceso y les indicó dónde se encontraba el plató. El trayecto para llegar a las inmediaciones del lugar era más prolongado de lo que imaginaban.

—Allí les espera el señor Rodríguez.

—Muy amable.

Se adentraron en el largo pasillo, dejando diferentes puertas a ambos lados que tenían el aspecto de ser oficinas.

—Os lo repito —comentó Berlanga por lo bajo—. Nada de sorpresas. Saben de sobra que estamos aquí.

—Me pregunto cómo nos vamos a deshacer de todos esos periodistas...

—No os preocupéis —respondió Rojo, dibujando una mueca en su rostro—. Tengo experiencia con ellos.

Tras girar un pasillo y recorrer otro largo túnel, llegaron a un espacio muy iluminado, rodeado de camerinos, salas de maquillaje, cables y empleados que se movían a toda velocidad. Un hombre con un micrófono pegado a la cara y un pinganillo en el oído derecho, los recibió. A su espalda, una gran puerta con cortinas oscuras llevaba al interior del plató en el que se estaba emitiendo el programa.

—¿Son ustedes de la policía? —preguntó, desconcertado—. No teníamos constancia de su visita, pero pueden pasar por maquillaje...

—No tan rápido —dijo Berlanga, mostrándole la palma de la mano. Después le enseñó la placa—. Soy inspector de Homicidios de la comisaría Centro y estos son mis compañeros. No estamos aquí para entrar en directo. Queremos hablar con la señora Fournier en privado.

—Pero...

—No hay peros. ¿Dónde la esperamos?

El jefe de dirección se quedó perplejo ante la actitud del trío.

—Pueden hacerlo aquí... —dijo, señalando a unos bancos de plástico que había en el corredor—. ¿Ha ocurrido algo con la señora Fournier?

Berlanga ignoró sus palabras y echó un vistazo al pasillo.

—¿No hay ningún lugar más... discreto?

—Sí, claro.

—Llévenos allí —ordenó el valenciano.

El hombre intentó recordar cómo se accedía a ese sitio.

—Habría que dar toda la vuelta.

—No nos importa —indicó Berlanga y dio media vuelta —. Estaremos pendiente del programa. Espero que tengan los índices de audiencia por las nubes.

Los tres hombres se alejaron por uno de los pasillos. Las pisadas provocaron un fuerte eco entre las paredes.

—¿Y ese comentario? —preguntó el detective.

—Los nervios, joder... —contestó y notó la vibración de su teléfono—. A buenas horas... Es Ledrado.

El inspector intercambió unas breves palabras con el otro policía. Rojo y Maldonado continuaban acompañándolo en silencio.

—¿Y bien?

—Malas noticias —respondió, guardando el terminal en la gabardina—. No han encontrado nada en los búnkeres de la Casa de Campo ni por los alrededores. El personal de mantenimiento tampoco ha notado nada extraño en las últimas semanas... Respecto a Rubio, actividad normal. Ha llegado a su casa y se ha puesto a ver la televisión en el salón. Supongo que estará en alerta. Si se mueve, me llamará de nuevo.

El pasillo de forma circular los llevó a una segunda salida, conectada a una puerta de emergencia que daba a la parte trasera del aparcamiento. Allí no había rastro del personal que trabajaba en el edificio, ni siquiera de los servicios de limpieza.

Berlanga dio un respingo y se sentó en un banco de plástico.

—¿Todavía estás seguro de esto, Javier? —preguntó, pero el detective no respondió—. Eso es, mejor... no digas nada. Disfrutemos del espectáculo.

***

Cuarenta y cinco minutos después y tras haber visto la función completa, la aclamada pitonisa abandonó el plató de televisión entre numerosos aplausos. La estrella se reencontraba con la realidad. Apretada en un colorido vestido de lentejuelas y protegida con un abrigo de visón que le cubría la espalda, las tupidas piernas de la vidente se movieron por el pasillo. Tras ella, un séquito de casi una decena de personas la seguía con preguntas, cámaras de fotografía y de vídeo. Los destellos alumbraban su llegada. Los tres hombres miraron al techo, cayendo en el error que acababan de cometer.

—¿Es verdad eso de que sabes manejarte con ellos, inspector? —preguntó Berlanga, tieso como un poste de luz.

—No imaginaba que fueran tantos.

Madame Fournier se detuvo a unos metros de ellos. Se movía en una burbuja ajena al bullicio ininteligible que la acompañaba. Entonces, sus ojos se cruzaron con los del detective y una chispa surgió entre los dos.

Berlanga carraspeó.

—Señora Fournier...

La mujer lo ignoró, se aproximó a Maldonado con una sonrisa y le ofreció la mano. Él accedió a la invitación. Tenía la piel fina y sedosa y su rostro era tan hipnótico como un diamante.

—Por fin... —comentó y sonrió—. Les estaba esperando.

32

La enigmática presencia de la pitonisa embelesó a los tres
hombres. Rodeados de destellos, no sabían muy bien cómo
abandonar los estudios de televisión sin terminar aplastados
por la masa de periodistas que los rodeaba.

—¿Es cierto que la Policía ha decidido contar con los
servicios de Madame Fournier? —preguntaba una voz.

—¿Será la primera vez que el Cuerpo acepta el
asesoramiento de una vidente?

—¡Aparta esa cámara de mi vista! —exclamó Berlanga,
empujando a uno de los reporteros del programa en el que
trabajaba Fournier—. ¡No pienso responder a ninguna
pregunta!

El inspector estaba alterado. La situación empezaba a
descontrolarse. Rojo se acercó a Maldonado y le susurró al
oído:

—Ve con ella en taxi. Yo me llevaré a Berlanga —ordenó,
pegándose a él—. Nos veremos en la comisaría.

El detective asintió y miró de reojo a la mujer que tenía al lado. Su mirada desprendía un brillo mágico y dudó si viajar con ella sería una buena idea.

—¿Por qué me mira de esa manera? —preguntó la dama.

—¿No puede hacer nada para quitárnoslos de encima?

—Me temo que no. Ellos forman parte de esto, *tu vois?*

—Lo suponía... —comentó Maldonado con cierta preocupación en su voz. Por la calma que desprendía esa desconocida, sospechó que formaba parte de su plan. Fournier los había arrastrado hasta allí y ellos habían mordido el cebo. O eso era lo que ella pensaba. Tal vez sólo buscara su momento de fama, pensó él, o puede que su intuición estuviera en lo cierto y que esa mujer fuera una mente macabra. En ese caso, debía llevar cuidado cuando se quedaran a solas.

Maldonado hizo una señal a su compañero para que él y Berlanga se perdieran de vista. En cuanto desaparecieron, los periodistas seguían ahí, alrededor de la pareja. Ahora los micrófonos se centraban en el detective.

—¿Es usted quién está a cargo de la investigación? —preguntó uno de los reporteros. Las numerosas preguntas se aplastaban en el aire, haciendo imposible de entender lo que decía toda esa gente—. ¿Creen que Cristina Blanco sigue con vida?

Fournier sonreía como una muñeca de porcelana y Maldonado vio que disfrutaba con ello. Con caballerosidad, le puso una mano en la espalda y la acompañó hasta la salida del edificio, regresando a la entrada por la que había accedido. En la puerta, encontró varios taxis a la espera de que los colaboradores del programa salieran. Fournier señaló el suyo.

Atosigados por los diferentes reporteros, el detective abrió una puerta trasera e invitó a la mujer a que entrara en el coche.

—¿A dónde me lleva? —preguntó, coqueta.

—Usted debería de saberlo, es adivina —dijo y cerró de un portazo. Cuando se giró, una avalancha humana seguía tras él—. ¡Demonios, dadme un respiro!

Entró en el vehículo. El taxista encendió el contador y Maldonado dio un largo suspiro.

—¿Dirección?

—A la comisaría de Leganitos, si es tan amable.

—Sí, claro... —dijo, confundido, sin mediar más palabra.

La médium se dirigió a él.

—¿Estoy detenida?

El detective evitó mirarla a los ojos y echó la cabeza hacia atrás.

—No, hasta donde yo sé.

Ella frunció el ceño y se tapó con el abrigo.

—Usted no es policía.

Él sonrió.

—Empiezo a creer en su talento.

—No tiene gracia.

—No, no la tiene... —comentó y estiró los dedos. Necesitaba relajarse. El vehículo se puso en marcha y se alejó de los estudios. Los destellos de las cámaras todavía resplandecían en la parte trasera del vehículo. Por la ventanilla reconoció los faros del coche de Berlanga a lo lejos y ya adentrados en el cinturón urbano—. Menos mal... pensé que los arrastraríamos hasta el centro.

—¿Me va a decir cómo se llama? Es un hombre muy descortés.

Maldonado la miró de soslayo, después notó una ligera vibración en su abrigo.

Sacó el teléfono y comprobó la pantalla.

—Disculpe... —le dijo a la acompañante y atendió la llamada—. ¿Sí?

—Javier, necesito hablar contigo —dijo Marla, agitada.

—Ahora no puedo. Voy de camino al centro en un taxi.

—¡Javier! Es sobre las cartas...

—¿Qué hay de ellas?

—Precisamente, esas cartas pertenecen a ediciones limitadas de barajas. Sólo un establecimiento las consigue en la ciudad...

—Bien hecho. ¿Dónde demonios estás? Me cuesta oírte con tanto jaleo.

—De camino a la plaza de España —respondió. El ruido exterior impedía escucharla con claridad—. Sigo investigando y recabando información. Hay otra tienda en las galerías subterráneas en la que...

—Fenomenal... Te llamo más tarde y me lo cuentas con detalle, ¿vale? Tenemos trabajo en la comisaría.

La secretaria suspiró.

—Sí, Javier. Como quieras...

El detective colgó y guardó el móvil.

—*Mon Dieu...* —comentó la pitonisa, molesta—. ¿Habla así a todo el mundo?

—Relájese, ¿quiere? Ya no hay cámaras delante.

La mujer estiró el brazo y le agarró la mano izquierda. Con las yemas, acarició su piel y después la volteó.

—*Bof...*

—¿Qué? —preguntó, intrigado, arqueando una ceja.

—Es usted un hombre lleno de contradicciones. ¿Alguna vez le han leído la mano?

La pregunta lo puso nervioso. Cerró el puño, apretando sus dedos y la miró de frente.

—No, pero sé de sobra lo que cuenta la mía... sobre todo, la diestra.

Ella separó los dedos y se desplazó unos centímetros en su asiento. El detective dio un respingo y regresó la vista a la ventanilla.

—*N'importe quoi...* No le tengo miedo... Está escrito en su mano que es un hombre dolido, pero sin malas intenciones.

—¿También dice que soy socio del Atleti? Por favor...

—Debería superar esa relación pasada... y declarar lo que siente a esa persona tan especial en su vida, antes de que la pierda para siempre.

—¿Le pagan por escuchar eso?

—Me pagan por ver lo que otras personas no pueden.

«Pienso desarmarte en cuanto veas las cartas».

—Disfrute de su momento de gloria. Le durará poco.

—Esto es increíble... Se supone que les estoy haciendo un favor... Son ustedes quienes han venido a por mí, ¿por qué? Quizá porque son incapaces de realizar su labor... No necesito a la Policía para trabajar. Sé ganarme la vida y muy bien.

—Sí, eso tengo entendido.

A lo lejos vieron las torres iluminadas de Plaza de Castilla. Se acercaban a la ciudad. Pronto estarían de regreso al centro, al bullicio y al rancio olor a cerrado de la comisaría. Se preguntó cuándo sería su última visita a ese lugar. No lograría cerrar un capítulo si continuaba frecuentando su antiguo lugar de trabajo. Pero ello suponía un coste en su precio estaba la relación con Berlanga. De alguna manera, se encontraba en medio de una larga relación tóxica a la que no lograba poner fin.

El silencio reinó durante varios kilómetros en el interior del taxi, hasta que, por el rabillo del ojo, Maldonado encontró la brillante mirada de esa mujer, clavada en él.

—Si sigue mirándome así, me va a desgastar —comentó, rompiendo el hielo.

—No me toma en serio, ¿verdad?

—¿De qué está hablando ahora?

—No cree en mí, en mi palabra.

—Señora, no tengo nada en contra de usted, ni de sus trucos.

—A eso me refiero...

Maldonado chasqueó la lengua. Estaba tragándose toda la bilis para evitar el conflicto, pero debía encontrar la manera de callar a esa señora sin ofenderla.

—Verá, me cuesta comprender algunas cosas. Nada más.

Ella lo buscó con los ojos. Le gustaba el juego.

—Cree que me he inventado todo esto para ganar fama y llamar la atención de los medios, ¿verdad?

La seguridad de su voz hizo dudar al detective. Cierto o no lo que estuviera diciendo, pensó, parecía demasiado confiada como para marcarse un farol. Puede que ese fuera otro de sus talentos, se dijo.

—Entonces, díganos dónde está y acabemos con esta historia.

—No funciona así.

Maldonado sonrió.

—¿Ve? A eso me refiero —contestó. Antes de continuar, el claxon de los coches desvió la atención de la conversación. Sin darse cuenta, habían atravesado la ciudad y ahora se encontraban en las inmediaciones a la plaza de España. El tráfico era tan denso que el taxista se quedó bloqueado en un semáforo—. ¿Qué está pasando?

—Es viernes. A estas horas, por aquí... se lo puede imaginar.

De pronto, los destellos regresaron a las ventanillas. Varios grupos de reporteros se abalanzaron sobre la parte trasera del coche. Los dedos de la vidente se agarraron al bíceps del detective. La señal lo puso en alerta.

—¿Está bien? —preguntó él, sorprendido.

—Sí.

—Son esos moscones... Pensaba que estaba acostumbrada a ellos.

—No, no es eso... —dijo y miró a ambos lados, nerviosa.

El taxista tocó la bocina para que el tráfico se moviera. La larga cola de vehículos se unía a la pitada. Los transeúntes se amontonaron alrededor del taxi mientras se mantenía parado, fotografiando desde el exterior a la pitonisa, con sus teléfonos móviles.

—¡Por Dios! Qué agobio... —murmuró el taxista.

El detective notó que algo no iba bien y el tráfico no parecía responder. Atrapados en la calle de Princesa y a escasos metros de la puerta del Edificio España, decidió tomar la vía peatonal, que era la más rápida para llegar a la comisaría. El único problema que tenían era la falta de escoltas y la tumultuosa masa de curiosos que intentarían detener a la vidente.

—¿Está seguro? —preguntó, atemorizada—. No parece que vayan a entrar en razón.

—¿Ha visto «El Guardaespaldas»? —preguntó y la agarró de los dedos con seguridad, para que perdiera el miedo. Después la miró a los ojos—. Yo seré su Kevin Costner.

Ella sonrió y él le devolvió el gesto con una mueca. Después Maldonado pagó el taxi y ordenó a la señora que esperara hasta que él estuviera en el exterior.

Bajó del coche, apartó a la multitud con firmeza y le ofreció la mano. Los destellos de las cámaras aumentaron. Nadie sabía si estaban ante una estrella del cine o una colaboradora de la televisión, pero Fournier había conseguido su objetivo. Ahora, todo el mundo la miraba como si fuera sobrenatural.

—Agárrese —ordenó. La protegió por la cintura y caminaron con paso rápido hacia la calle de Leganitos. Las cámaras los seguían por detrás. Maldonado apartaba a los transeúntes que se encontraba por delante, creando así más confusión. Cruzaron un semáforo en ámbar, provocando la furia de algunos conductores y dejando atrás al grupo de acosadores que los seguía. Pero todo se torció en cuanto tomaron el callejón. Alguien había corrido la voz de su presencia. A lo lejos, los agentes de policía intentaban disuadir a los curiosos que avanzaban como una manada de lobos.

«Maldita sea, qué alto es el precio de la fama».

Maldonado avanzó unos metros protegiendo a la pitonisa y buscó un rostro conocido entre tanto espontáneo. De repente, Rojo apareció por uno de los costados, abriéndose un hueco en la multitud.

—Menuda se ha liado... —comentó y miró a los dos—. Vamos, nos están esperando dentro. Os abriré paso.

El inspector se dirigió a una acera y dio una orden para que pasaran. Una fila de agentes echaba atrás a quienes buscaban un autógrafo. Atravesaron el pasillo, evitando las manos y los gritos de los histéricos y se aproximaron a la entrada. Entonces, algo sobresalió de la multitud de cuerpos anónimos.

—¡Maldonado! —gritó Rojo, que iba detrás.

El detective se giró y vio la hoja afilada de un cuchillo que apuntaba a la vidente. Sin pensarlo, le dio un tirón del brazo hacia él. La mujer gritó. La hoja del cuchillo rasgó el abrigo de visón y desapareció entre las sombras.

—¡Agentes! —exclamó Rojo.

La confusión generó el caos y los gritos de pavor se multiplicaron. Cuando lograron entrar en la comisaría, el detective comprobó el estado de la mujer.

—¿Está bien? —preguntó Rojo observándola de arriba a abajo.

—Creo que sí... —respondió ella, sobrecogida, recuperando el aliento.

—Sin duda alguna… Es su día de suerte —dijo, al ver la profundidad del corte de la hoja que había rajado el abrigo por completo.

33

El ambiente estaba caldeado en la comisaría. Los agentes habían perdido la pista de la persona que había intentado agredir a la vidente. Por otro lado, Berlanga se mostraba más nervioso de lo normal, una postura que comenzaba a ser habitual en él. Maldonado temía que su amigo sufriera un ataque de ansiedad en cualquier momento. Trasladaron a Fournier a un despacho, a la espera de una solución para saber qué hacer con ella. Llevarla hasta allí, no había sido una buena decisión y ahora el inspector cargaba con toda la responsabilidad.

—Maldita sea, no tendría que haberos hecho caso... —lamentó en el pasillo que daba a la oficina—. Hemos puesto en riesgo la vida de una persona.

—Por fortuna, no ha pasado nada —comentó el detective—. Cálmate o te dará algo.

—¿Que me calme? ¿Cómo quieres que me calme? Debemos llevar mucho cuidado con esa mujer. Puede decir cualquier cosa sobre nosotros. Más nos vale tratarla como si fuera la presidenta del Gobierno.

—No será para tanto... Es lo que buscaba. Ahora tiene su momento de gloria.

—No sé, Javier... Más vale que sepas lo que haces, porque no auguro nada bueno en esta historia.

—Hombre, Maldonado, tú por aquí... —comentó Ledrado, irrumpiendo en el corredor—. Eres como el moho. Por mucho que frotes, nunca se va del todo.

—Yo también me alegro de verte, Ledrado.

—¿Habéis encontrado al atacante? —preguntó Berlanga al compañero.

—No hay rastro. Nadie sabe quién ha sido.

—Pero es obvio que la esperaba aquí —comentó Rojo.

Ledrado se quedó mirándolo.

—Este es el inspector Rojo, de Homicidios, de Alicante.

—Un placer —dijo Ledrado, distante—. El comisario pregunta por ti, Berlanga.

—¿Sucede algo?

—No, de momento, pero quiere estar al tanto de la situación.

—Diablos... Dile que estaré con él enseguida. No le comentes nada sobre lo ocurrido.

—Como quieras, pero llegará a sus oídos.

—Pues que llegue —espetó, cabreado—. Ya me encargaré de él más tarde.

***

Los tres hombres se dirigieron a la oficina. Allí esperaba la pitonisa, sentada en una de las sillas de invitados, con una botella de agua entre las manos.

Berlanga cerró la puerta, Rojo se quedó atrás y Maldonado se acercó a ella.

—¿Se encuentra mejor? —preguntó el detective.

—*Oui, merci.* ¿Saben ya quién ha sido?

—No, señora...

—Pero lo haremos —añadió Berlanga—. Ahora, si no le importa, nos gustaría hacerle unas preguntas.

—Es la razón por la que me han traído hasta aquí, ¿no? Para interrogarme.

«Mujer lista», pensó el detective. El plan de la pitonisa iba sobre ruedas, intuyó. Ahora que la tenían allí dentro, podía inventarse lo que quisiera. Después de todo, era su palabra contra la del Cuerpo. Los medios la arroparían y la presión mediática por encontrar a Cristina Blanco aumentaría. En el fondo, a ella parecía darle lo mismo, pues sólo buscaba que su nombre apareciera a todas horas en los medios de comunicación.

Berlanga resopló, cansado y se apoyó en el borde de la mesa. Maldonado hizo lo mismo y la miró de frente.

—Antes de empezar, quiero que sepa que no se le acusa de nada, por el momento.

—Es que no he hecho nada, inspector —dijo ella, con una voz tan suave como su piel—. Me sorprende todo lo que está pasando, pero estoy dispuesta a ayudarles en lo que necesiten.

—¿Dónde estuvo la noche del domingo pasado?

—En casa.

—¿Tiene coartada? —interrogó el valenciano.

—Mi gata y, bueno... Hay un hombre con el que me veo.

—¿Tiene nombre?

—Ya lo conocen. Es el director del programa... Por favor, que quede entre nosotros. No me gusta airear mis conquistas.

Berlanga descolgó el teléfono y pidió a Ledrado que buscara al tipo.

—Estupendo... —murmuró el detective.

—Empecemos por Cristina Blanco, si le parece bien.

De nuevo, Maldonado notó aquel brillo extraño en sus ojos.

—¿Qué quieren saber?

—¿Qué pregunta es esa? Es usted quien afirma a los cuatro vientos que esa mujer está viva... Queremos que nos diga dónde está.

El rostro maquillado dibujó una sonrisa. Maldonado intuyó que comenzaba la función.

—Yo no lo sé, inspector.

—No me toque la moral, se lo ruego.

—Pero afirma que está viva —intervino Rojo.

—Así es, pero es diferente.

Los ojos de Berlanga se hincharon. Respiró hondo y se levantó de la mesa. No podía con ella.

—¿Cómo que es diferente? —preguntó el detective—. Si sabe que está viva, significa que también sabe dónde se esconde. No tenemos tiempo para las adivinanzas.

—¿La conocía?

—¿No lo veis? Tiene demasiada información —espetó Rojo—. Ha estado en contacto con la familia, nos está tomando el pelo.

—¿No lo entienden? ¡No funciona así! —exclamó, apretando los puños y mirándolos con resentimiento—. Es Cristina quien contacta conmigo y no al revés...

—Lo que me faltaba por oír... —murmuró Berlanga—. Pues llámela o haga lo que tenga que hacer.

—*Sans blague?* ¿Cómo quieren que lo consiga si siguen cuestionando mi don?

El inspector se mordió la lengua.

—Confiéselo, Fournier. Es una charlatana.

—Este trato es injusto. ¿Cómo se atreve a hablarme de esa manera? —preguntó, indignada y se puso en pie—. No tengo por qué tolerar esto.

Maldonado se adelantó para que regresara a su asiento.

—Escuche, intentamos creerla —dijo el detective, sin demasiada convicción, mirándola fijamente—, pero tiene que colaborar con nosotros. Estamos ante una situación muy delicada.

—*Pas mal...*

—¿Puede dejar de fingir ese origen francés? —preguntó Berlanga—. Todos sabemos que es española y de pura cepa.

—¡Oh! —exclamó ella, ofendida—. ¿Qué quieren de mí?

—La verdad, si no es mucho pedir —respondió Berlanga—. Y no use trucos con nosotros. La hemos investigado.

—Díganos dónde está escondida Cristina Blanco. Es lo único que nos interesa de usted.

Fournier cruzó las piernas y miró a los tres hombres que tenía enfrente. No se sintió intimidada por ellos. A la vez, Maldonado esperaba la ocasión para desmontar su estratagema. Fuera cierto o no el don que poseía, pensó que esa mujer estaba llevando a cabo un plan para ganar notoriedad. Sabía que les estaba haciendo perder el tiempo. Mientras ellos siguieran ahí dentro, la avalancha de periodistas no haría más que crecer, a medida que el rumor se corriera por los diferentes medios. Cada segundo que pasaba suponía un titular nuevo para la prensa.

Maldonado lo vio claro.

No podía permitir que esa mujer saliera victoriosa de la comisaría. Debían ponerle freno, antes de que el Cuerpo quedara humillado y el caso pasara a otras manos.

—Está bien, lo haremos a mi manera, a ver si esto le aclara la memoria... —sugirió Berlanga, que se acercó al escritorio y abrió una carpeta con varias imágenes. Le hizo una señal a Rojo con la mirada, agarro una fotografía y se la mostró a la vidente—. ¿La conoce?

—Es Cristina Blanco.

—¿La ha visto antes?

—En fotografías.

—Muy bien —respondió y regresó con una segunda imagen—. Y a ella, ¿la conoce?

El rostro de la mujer se arrugó. Tocó el papel con las yemas de los dedos y miró sobrecogida al inspector.

—No, pero está muerta, ¿verdad?

La respuesta los descolocó. Sin mover la cabeza, Berlanga miró al detective.

—¿Cómo lo sabe? —preguntó el inspector.

—Puedo sentir el dolor.

—Claro... —respondió y le mostró la siguiente fotografía —. ¿Ha visto a este hombre alguna vez?

En la imagen aparecía Julián Quintero en una foto de carné. Estaba más joven, pero la cicatriz era notable en su rostro.

Las finas cejas de Fournier se arquearon.

—No.

—¿Está segura? —insistió.

Ella le devolvió la fotografía.

—No me suena de nada ese hombre.

—¿Y este?

Una arruga apareció en la frente de la mujer. Por mucho que lo negara, los tres hombres sabrían que mentía.

—Sí, sí que lo he visto antes —dijo, al sujetar una fotografía de Roberto Rubio.

—¿Lo conoce? Haga memoria.

Ella cerró los ojos, se puso una mano en el pecho y levantó la mano izquierda, estirando el brazo.

Después comenzó a recitar un mantra de una sola sílaba.

—¿Qué hace? —murmuró Berlanga, desconcertado.

—La mano izquierda conecta directamente con el corazón y funciona como antena para contactar con el universo...

Rojo se echó una mano a la cara y suspiró. Maldonado observaba con atención la puesta en escena.

La actuación duró unos segundos y la mujer volvió a su estado habitual.

Su expresión había cambiado, como si la hubiera sobrepasado una apisonadora.

Inhaló con profundidad hasta llenar los pulmones y después exhaló.

—He visto a ese hombre antes.

—¿Se lo ha dicho su ángel de la guarda? —preguntó Rojo, pero el comentario no cayó en gracia—. Disculpe...

No estoy acostumbrado a presenciar estas cosas.

—Continúe, señora —pidió Berlanga—. No tenemos todo el día.

—Creen que estoy relacionada con el secuestro.

—Veo que empieza a entender la situación.

—Se equivocan conmigo.

—Pues demuéstrelo.

—Lo he visto en alguna parte... —contestó y cerró los ojos—. Puedo escuchar su voz.

—¿Y qué dice? —preguntó Maldonado, siguiéndole el juego.

Berlanga le lanzó una mirada tajante, esperando que supiera lo que hacía.

—Está desesperado... Necesita creer en la suerte...

—¿Están solos?

—No... Hay alguien más.

Rojo miró al detective y este se encogió de hombros. Berlanga tenía los ojos en blanco y comenzaba a hartarse del asunto.

Finalmente, la mujer salió del trance.

—Lo siento —lamentó y abrió los ojos, agotada—. Es todo lo que alcanzo a ver.

—Señora Fournier, si descubrimos que tiene alguna relación con esta persona, se meterá en un buen lío.

—Les estoy diciendo la verdad.

—Hágalo por las buenas.

Sus ojos se iluminaron.

—Siguen sin creerme, ¿verdad? Me han traído aquí para humillarme.

—Escuche, deje el drama para otro día —intervino Rojo, con un tono de voz que podía atemorizar a una pantera. La mujer se quedó en la silla, inamovible—. Hay una mujer secuestrada, escondida en algún agujero de esta maldita ciudad. Su familia reza por ella y usted juega con su esperanza...

—¿Cree que no soy consciente de la gravedad?

—Déjalo, Rojo. Esto es una pérdida de tiempo... —comentó Berlanga, harto.

—No soy adivino, pero sé que Cristina Blanco espera que la salvemos, si no es demasiado tarde... Si usted tiene algo que ver con su desaparición, le prometo que terminará invocando al mismísimo Satanás.

Las palabras de Rojo desencadenaron un fogonazo en la mente del detective.

—Ustedes no creen en las señales. ¡Esto no funciona como una bola de cristal!

—¡Un momento!

—¿Qué pasa ahora?

Maldonado metió la mano en el interior del abrigo, sacó el naipe que le habían dejado y se lo colocó delante de los ojos.

—¿Le dice algo esto?

Ella sonrió al ver la carta.

—Es el Diablo. Uno de los veintidós arcanos mayores que existen —explicó, tocando el naipe con los dedos—. Representa al ser humano y sus vicios, sus deseos materiales, sus pecados capitales, al fin y al cabo...

—Otra vez con su palabrería barata. ¿Qué pretendes, Javier?

—Esta carta es suya. La he visto en televisión —dijo y sacó su teléfono móvil. Después le mostró las otras dos cartas que las desaparecidas habían dejado—. Y estas también lo son.

—Sí, ¿y qué? No entiendo su pregunta. Es una baraja del Tarot de Marsella. Se fabrican en todo el mundo.

—Pero no las suyas. Son ediciones limitadas. Además, las cartas están en francés. Invéntese otra excusa.

—¡Sí! ¿Qué tiene de malo? Forma parte de mi personaje.

—¿A dónde quieres llegar, Javier? —preguntó el madrileño.

—Las dos mujeres que ha visto, dejaron una carta entre sus pertenencias, antes de desaparecer.

—¡Pero yo no las conozco de nada! —confesó—. ¡Son unas malditas cartas! ¡Las puede tener cualquiera!

—Cualquiera, no. ¿Dónde compró la baraja?

Sus ojos se desviaron hacia la izquierda, esforzándose por recordar.

—Espere, ahora que lo dice... —comentó y la atención de los hombres se fijó en ella. La mujer sonrió—. Ya sé dónde vi a ese hombre...

—¡Responda, cojones! —exclamó el inspector.

—¡Está bien, está bien! No tiene por qué alterarse... —respondió, acorralada—. Hay una tienda de esoterismo, no muy lejos de aquí. Hace años que le encargo todo mi material. La lleva una mujer...

Maldonado tuvo un mal presentimiento.

—¿Dónde está esa tienda?

—En las galerías subterráneas que hay en la Plaza de España —explicó—. Hay una tienda de esoterismo. Clara importa ediciones únicas... Ahí fue donde vi a ese hombre. Él estaba allí.

—Mierda... —murmuró el detective.

—Clara Moreau —respondió Rojo. Él también había caído en la pista.

—¿La conoce? —preguntó la adivina.

—¿De qué carajo estáis hablando? —preguntó Berlanga, perdido—. ¡Esa mujer está muerta!

—Yo diría que no... —respondió ella.

Uno.

Dos.

La tensión muscular aumentó en el cuerpo del detective.

«Maldita sea, Marla», se dijo y los nervios se apoderaron de él.

Tres.

Cuatro.

Sin mediar palabra, corrió hacia la puerta, desconcertando a sus compañeros.

—¿A dónde vas ahora, Javier?

—¡Es ella, joder! ¡Marla está en peligro!

El detective abandonó la sala sin dar más explicación.

—*Collons...* Le dije que no metiera a la chica en esto —comentó Rojo, agarró su cazadora y salió tras él—. Lo seguiré.

34

A empujones, se abrió paso entre la muchedumbre que esperaba ansiosa en la puerta. Los focos lo deslumbraron, pero no lograron desviarlo del camino. Las voces quedaron atrás. Corrió calle abajo en dirección a la plaza. El corazón le latía con fuerza. La respiración se le entrecortaba.

«Por Dios, dime que no ha pasado nada».

Uno.

Dos.

Necesitó parar en la esquina para recuperar el aliento. Giró ciento ochenta grados. El tránsito de los peatones lo ahogó en una profunda ansiedad. Sacó el teléfono del bolsillo del pantalón y, con torpeza, buscó el número de la secretaria.

Un tono.

Dos tonos.

—¡Vamos, Marla, contesta de una maldita vez! —gritó a pleno pulmón en la calla.

—¿Sí? —respondió la dulce voz de la secretaria.

Un pitido silenció el ruido que lo envolvía.

Tres.

Cuatro.

Recuperó el ritmo respiratorio y sus pulsaciones bajaron.

—¿Javier, estás bien?

Nunca se había sentido mejor.

—Marla...

—¿Qué ocurre?

—¿Dónde estás? Es importante.

—En la calle... ¿Qué sucede? Me estás asustando, Javier.

—Nada. No sucede nada —respondió y vio al inspector Rojo aproximándose a él—. Te veré mañana en la oficina.

—¡Javier, espera!

Colgó y guardó el terminal.

—Ya sabemos dónde se esconde —dijo Maldonado y los dos hombres se dirigieron al paso de peatones.

***

Al cruzar la plaza, unas estrechas escaleras, invisibles a los ojos de la mayoría de los transeúntes, bajaban hacia las galerías subterráneas del centro de la ciudad. Era un rincón para los conocedores de Madrid, que pronto desaparecería. Las galerías se habían convertido en un escondite más del comercio asiático. Restaurantes, tiendas de telefonía y establecimientos de comida ocupaban los diferentes locales que atravesaban uno de los bajos fondos de la plaza de España. Con la futura remodelación de la plaza, pronto quedarían en la memoria colectiva.

Bajaron los peldaños a toda velocidad y dieron con un pasadizo estrecho que olía a aceite de las cocinas y a combustible de los coches que entraban en el aparcamiento público de la plaza.

Maldonado suspiró. Sospechó que la atacante de Fournier era Clara Moreau y que su escondite estaría tras la persiana de uno de aquellos locales.

Rojo se echó a un lado y Maldonado al otro. Pisaban al unísono, con la mirada puesta en los bajos de las tiendas que habían echado el cierre. Rojo golpeaba las persianas metálicas en busca de una respuesta.

Miraron hacia ambos lados.

El largo pasillo terminaba en las escaleras que llevaban al otro lado de la plaza. A esas horas, el único establecimiento abierto era un restaurante. El detective entró en el local y echó un vistazo entre los escasos clientes que había a esa hora. Sentados a una mesa, tres hombres de origen asiático comían fideos con carne. En un rincón vio un abrigo y a una camarera china que limpiaba la mesa. Observó la cocina, que estaba escondida y tapiada tras la barra. Los ojos inspeccionaron el local con rapidez, pero no había rastro de ella.

—¿Ayuda? —preguntó el empleado.

Maldonado se acercó para sonsacarle información.

—*No sabel nada* —señaló, preocupado.

—¡Maldonado! —exclamó el inspector desde el pasillo.

—Gracias —dijo el detective y salió del restaurante. Rojo había encontrado la tienda. Estaba cerrada y no parecía haber nadie dentro. Desde la puerta de aluminio y cristal, se podían contemplar los diferentes objetos que vendía, desde medallones con el ojo de Horus y pociones, a velas mágicas y barajas para adivinar el futuro.

—¡Mierda! —gritó el inspector dando un puñetazo contra la barra de aluminio.

Avanzaron unos metros. A medida que se alejaban de la primera entrada, el silencio se hacía más y más intenso.

De pronto, el detective notó algo a sus espaldas y se giró hacia el restaurante.

—¡Por allí! —señaló.

Una mujer huía a toda velocidad en dirección contraria, hacia las escaleras.

Corrieron tras ella, todo lo que las piernas les permitían y llegaron al exterior. Entonces se encontraron de frente con la muchedumbre que paseaba a esas horas por los alrededores de la plaza. La silueta se abría paso entre la gente, a empujones.

—¡Vamos, vamos! —gritó Rojo, siguiendo el hueco que dejaba entre los peatones.

La mujer desapareció por la boca de metro. La pareja la siguió hasta los tornos, pero cuando llegaron, no había rastro de ella.

—¡Joder! —bramó Maldonado, impotente.

La habían perdido, pero no tardarían en encontrarla.

35

--·--

Día 5.
Sábado.

Despertó alterado y sin aire. Estaba tan cansado que no recordaba lo que había soñado, pero sospechó que no era nada bueno. La investigación había dado un giro inesperado. Clara Moreau seguía con vida y era la misma persona que estaba detrás de las desapariciones de esas dos mujeres. No tenía la menor duda. Sin embargo, tampoco tenía pruebas para demostrarlo.

El contador había llegado a cero. El encuentro con Fournier había sido un desastre, pero Berlanga supo manejar la situación, antes de que el comisario lo relevara de su puesto. Llegaron a un trato justo: ella no diría nada y el inspector mantendría a salvo su farsa.

Sin tiempo para el café, se apresuró en la ducha, se vistió y puso rumbo a la oficina. Era fin de semana, un horario fuera de lo habitual, pero necesitaba hablar con Marla para que le proporcionara toda la información que había averiguado sobre esa mujer. En esos momentos, dar con ella era vital para conocer el paradero de Cristina Blanco. En su interior, Maldonado sabía que Clara Moreau, la madre de Julián Quintero estaba relacionada con Roberto Rubio. Juntos, habían hecho desaparecer a Marta Robles y tenían intenciones de hacer lo mismo con Cristina Blanco.

No obstante, tenían un problema.

«¿Cómo se puede encontrar a un fantasma en una gran ciudad?», se preguntó.

***

La mañana del sábado era soleada. El cielo estaba despejado y la radiante luz iluminaba las fachadas de los edificios. El clima de la calle era muy distinto al habitual, durante la jornada laboral. Los atascos desaparecían, los oficinistas eran reemplazados por turistas que se desplazaban sin prisa alguna, mirándolo todo, dejándose cautivar por cualquier momento fotografiable que se cruzara en su camino.

Eran las nueve y media de la mañana cuando llegó a su despacho. Por el camino, Berlanga le informó de que había una orden de detención sobre Clara Moreau. Todas las comisarías de la ciudad estaban al corriente del aviso. El motivo: un delito de desobediencia a las autoridades.

—¿Se puede pedir una orden por eso? —preguntó, Maldonado.

—Como pedir, se puede... Pero es el juez quien la da.

Por otro lado, el juez que atendía el caso, presionado por el comisario y por la opinión pública, le había dado luz verde al inspector para que registrara el domicilio privado de Roberto Rubio.

—No encontraréis nada en su casa.

—No es esa nuestra intención —matizó el inspector—. Ledrado ha hecho su trabajo y varios agentes preguntaron a los vecinos por las obras contiguas a la finca de Rubio. ¿Y sabes qué?

—Sorpréndeme.

—No hay aviso de que vayan a construir nada en los próximos meses... —explicó—. Sin embargo, los vecinos más antiguos han confirmado que Rubio llevó a cabo varios movimientos de tierras siete años atrás, con una excavadora.

—Eso son palabras mayores. De ser así, es probable que el cadáver de Robles esté bajo tierra. Espero que no os hayáis equivocado.

—No tenemos más tiempo para los acertijos, Javier —contestó el inspector—. Tenemos a Rubio vigilado las veinticuatro horas. Vamos a llevar un georradar para que examine hasta el último palmo de la finca. Te avisaré si encontramos algo.

—¡Suerte!

—¡Gracias! La necesitaremos.

Colgó, sacó las llaves y abrió la puerta del despacho. Lo primero que esperó fue verla sentada en su escritorio, pero Marla no había aparecido todavía. Entendió que era sábado y que, probablemente habría salido la noche anterior con sus amigos. Después de todo, Marla necesitaba una válvula de escape que la ayudara a desconectar de su realidad laboral.

Suspiró, se quitó el abrigo y se sintió inquieto entre tanto silencio.

Entonces, sonó el teléfono.

Un tono.

Dos tonos.

Esperó unos segundos más para que colgara. No tenía ganas de atender a nadie y Rojo nunca llamaba a la línea de la oficina.

Tres tonos.

No aguantó más y descolgó.

—¿Sí?

Por segunda vez, escuchó el ruido blanco por el altavoz.

—Te lo advertí... —dijo la voz distorsionada—. Te dije que te mantuvieras al margen, detective... Ahora la has puesto en peligro.

—¡Escucha, estás acorralada!

—¡Javier, ayuda! —gritó Marla, al otro lado de la línea.

El corazón se le detuvo al oír su voz.

—¿Has oído?

—Maldita seas...

El corazón le latía con fuerza.

—Dile a tu amigo, el inspector, que abandone el caso...

—No puedo hacer eso.

—Entonces morirán... las dos.

—¡Ni se te ocurra hacerles daño! ¡Sé quién eres, iré a por ti!

—Tienes hasta medianoche para lograrlo. De lo contrario...

—¡Escucha, miserable!

La llamada se cortó y, de pronto, la oficina se convirtió en un lugar inhóspito y frío.

36

La llamada lo dejó sin aliento. Durante varios segundos no
supo cómo reaccionar. Primero telefoneó al móvil de la
secretaria. El terminal estaba apagado o fuera de cobertura.
Descartó el farol de esa vidente. Maldonado nunca supo
cómo gestionar sus emociones, ni tampoco los chantajes,
pero aquello era diferente. Hasta el momento, no se había
planteado la pérdida de Marla, de una manera tan radical.

El caso se había convertido en una disputa personal. Si le
pasaba algo a la chica, cargaría con el peso de la culpa
durante el resto de su vida.

«Te juro que acabaré contigo, maldita bruja».

Respiró hondo, contó hasta diez y se relajó hasta que las
manos dejaron de temblarle. No podía escuchar los
pensamientos de su cabeza, si deseaba mantener la cordura.
Necesitaba un trago, aunque la bebida no le ayudaría a
resolver sus problemas.

«Mantente despierto, Javier».

Respiró profundamente.

Uno.

Dos.

Necesitaba ayuda, pero no podía contárselo a Berlanga hasta que encontrara una solución. Debía mantener a la policía alejada del asunto, pero… ¿cómo lograrlo?, se cuestionó. La única forma era insistiéndole a Berlanga de que estaba a punto de cometer un error. Anteponer sus intereses personales a los de los demás, les costaría caro a todos, pero no tenía otra alternativa que ser egoísta.

«Mantén la calma, es lo que ella te diría».

Llegados a esa situación, intuyó que Marla no había encontrado a esa mujer de casualidad. La ciudad era demasiado grande como para que las casualidades surgieran a la vuelta de la esquina.

Y él no creía en las coincidencias del destino.

Husmeó en el escritorio de la chica en busca de información. Revisó la agenda, los cajones y encendió el ordenador. Intentaba pensar con claridad, quitándose de la cabeza la amenaza de la llamada.

—Tiene que existir algo, Marla…

Finalmente encontró un cuaderno de anillas. Lo abrió y pasó las páginas hasta que llegó a las últimas. La sorpresa no pudo ser más reveladora. Marla le había engañado. Leyó las notas que había escrito en el cuaderno y se dio cuenta de que, desde el primer momento, la secretaria había investigado el origen de las cartas del Tarot. En una página, Marla había enumerado los distintos tipos de baraja que existían. Desde los más habituales a las ediciones limitadas. En el cuaderno había notas sobre el significado de las cartas, de su uso y de la posible relación con la desaparición de esas mujeres. También había almacenado un listín de números telefónicos de videntes. Eran los mismos que aparecían en las páginas de anuncios de los periódicos. Se documentó de dónde adquirían los profesionales los materiales para su trabajo y encontró un listado de establecimientos de esoterismo en la ciudad. Los había tachado uno a uno, hasta llegar a la tienda de las galerías de la plaza de España.

«Maldita sea, Marla, ¿por qué?», se preguntó.

Entonces comprendió el error que había cometido.

Alguien tocó a la puerta.

Maldonado corrió a su escritorio, cogió la pistola y apuntó a la entrada.

Cuando la puerta se abrió, Rojo lo sorprendió.

—¿Has perdido la cabeza?

37

---·---

Se sentía devastado, agotado y paralizado por la llamada. El nombre de Marla se repetía en su cabeza. Había sido su culpa al involucrarla en el caso. Había cometido el error de enviarla allí. ¿Cómo podía saberlo?, se preguntaba, una y otra vez. Por primera vez en muchos años, Maldonado se sintió roto, tan resquebrajado como cuando le notificaron la expulsión del Cuerpo. Un abismo se abrió en su mente, oscureciendo los pensamientos que rebotaban en ella.

Rojo irrumpió en el despacho, decidido y con gesto serio. Tan pronto como vio el gesto del detective, entendió que algo no iba bien.

—¿A qué viene esa cara? —preguntó y dejó un mapa sobre la mesa. El detective no respondió—. ¡Eh, Maldonado!

—Estás perdiendo el tiempo... —le reprochó antes de abrir el cajón para sacar la botella de segoviano. Después la puso sobre la mesa y se la ofreció—. ¿Un trago?

Los ojos del inspector ardían en llamas.

—Lo suponía... —murmuró el detective y retiró el tapón —. No podemos seguir. El caso ha terminado.

—¿De qué estás hablando?

—*C'est fini,* Rojo... *C'est la vie* —contestó, apesadumbrado. Rojo negó con la cabeza y le quitó la botella de las manos—. ¿Qué coño haces?

—¡Deja de decir gilipolleces! —exclamó, furioso—. ¿A qué viene este drama?

—¡Tienen a Marla, maldita sea! ¡Se la han llevado!

—¿Qué?

—Berlanga tiene que parar la investigación.

Rojo cerró el puño, preparado para golpear al detective para que reaccionara, pero no fue necesario. Sus palabras lo llevaron a un profundo estado de pena y de culpa. Hundió la cabeza entre los hombros y la apoyó en el escritorio.

—Te dije que no la metieras en esto.

—Gracias por recordármelo.

—¿Vas a quedarte ahí parado, pedazo de memo?

Maldonado levantó la cabeza.

—Por supuesto que no. No voy a permitir que le hagan daño... Esa mujer habla en serio.

—Ah, ¿sí?

—Si no convenzo a Berlanga para que detenga la operación antes de la medianoche...

Rojo se abalanzó sobre el detective, lo agarró por los hombros y después lo levantó a pulso. Maldonado no tuvo tiempo para reaccionar.

—Escúchame bien, Maldonado —le dijo, a escasos centímetros de su rostro y con tono amenazador—. No pienso ver cómo te hundes en la miseria mientras esas dos mujeres corren peligro y tampoco voy a permitir que les pase algo por una mala decisión tuya.

—No sabes de lo que hablas.

—Ah, ¿no?

—Llevamos cinco días sin descanso y no hemos sacado nada en claro...

—Imagina que les ocurre algo porque creíste a esa desgraciada, ¿vas a cargar con la responsabilidad por el resto de vida? Porque si lo haces, acabarás volándote los sesos, créeme...

Las palabras del inspector golpearon con dureza en el corazón del detective. Por una parte, la posibilidad de que a Marla le sucediera algo malo, simplemente, lo enervaba. Por otra, temía infravalorar a una mujer que había vivido casi una década en la sombra. Sabía de buena tinta que esa clase de perfiles no vacilaban a la hora de tomar decisiones drásticas.

—Está bien, te escucho...

—Las vamos a encontrar antes de la medianoche, antes de que esa bruja les ponga la mano encima, ¿me oyes?

Maldonado lo empujó hacia atrás para deshacerse de él. Después se colocó bien la camisa.

—¿Y cómo lo vamos a hacer, listillo? Ni siquiera tenemos una pista de dónde las esconde...

—Eso lo dirás tú —dijo y señaló al mapa. Después lo abrió. Era un mapa de la Casa de Campo en blanco y negro, de 1902. Mientras él dormía, Rojo no había cesado de trabajar—. Están aquí, en alguna parte. Estoy convencido de ello.

—¿No tenías nada más antiguo?

—¡No me toques la moral, detective!

—Además... ¿cómo puedes estar tan seguro de que están ahí?

El valenciano resopló.

—Parece mentira que seas de Madrid —contestó y señaló al mapa—. ¿Recuerdas cuando visitamos a Rubio? Tenía arcilla en sus zapatos.

—Sí, ¿y qué?

—He investigado el terreno donde vive. No hay rastro de agua cerca de su propiedad —contestó y volvió a dirigirse al mapa—. Cuando Cristina Blanco huyó, salió de algún agujero húmedo de la Casa de Campo. Corrió, avanzó unos cuantos metros, no muy lejos de la carretera. El empleado del parque confirmó cruzarse con un coche que venía en sentido contrario... ¿Recuerdas dónde nos citó Berlanga?

—Sí. El pinar de las Siete Hermanas.

—Bien, pues existe una fuente cercana, con el mismo nombre —respondió y puso el índice sobre el mapa—. Al sur, se encuentran los búnkeres uno y dos. Al norte está el número tres. Según Berlanga, los pasadizos entre los búnkeres habían sido tapiados y no se podía acceder a ellos. Sin embargo, durante la Guerra Civil, los tres búnkeres estaban comunicados por un túnel.

—Que cruzaba la fuente.

—No estoy del todo seguro, pero parece que la fuente funcionaba como un acceso y un intercambiador... —afirmó Rojo y movió el dedo sobre el papel—. Cuando Cristina Blanco salió del agujero, corrió hacia el norte, desorientada, por eso encontraron sus restos cerca del área del teleférico.

—¿Y por dónde escapó? La fuente está sellada.

—Hay una casa-refugio, a escasos metros de la fuente. Está cerca del viejo arroyo que viene desde el lago.

—Berlanga también mencionó que la habían inspeccionado a fondo... sin suerte.

—Eso es lo que ellos creyeron. Puede que no sea tan fácil de encontrar... Cristina Blanco salió por allí, de algún pasaje que lleva al interior del túnel —continuó Rojo—. Por la orientación, es probable que corriera recto, sin mirar atrás y que siguiera la senda que lleva al área del teleférico.

—Ahora entiendo lo de Rubio.

—Aunque la superficie sea un secarral, debido a la cercanía del lago y de la fuente, lo más probable es que exista humedad bajo tierra.

Maldonado se sintió sobrepasado por la información que Rojo le estaba dando. Si realmente existía la posibilidad de encontrar a Marla con vida, debía intentarlo.

—¿Qué sugieres?

—Que vayamos ahora mismo.

—Esa mujer advertirá nuestra presencia en cuanto nos pongamos a husmear. Es invisible. Ya lo viste ayer.

—¿Y qué demonios me importa?

—Espera, eso no es todo. Tenemos otro problema.

—¿Puedes dejar de poner más excusas?

—Hablo en serio, Rojo —dijo y tomó aire—. Berlanga tiene una orden de registro del domicilio de Rubio. Es evidente que Rubio y Moreau están juntos en esto... Fournier confirmó que se conocían, por lo que, si entran en su casa...

—Cristina Blanco y Marla corren peligro... Maldita sea, debemos encontrar la manera de ganar tiempo. Llama a

Berlanga y explícaselo.

—No, no es tan sencillo —contestó Maldonado. Su cabeza bullía como una olla a presión—. Si le digo lo que me has contado, enviará una patrulla a la fuente. Antes de que llegue, esa mujer se las habrá llevado.

—No me lo estás poniendo fácil, detective, pero no pienso quedarme de brazos cruzados. Es ahora o nunca.

—Un momento, tengo una idea.

—¿Una idea? No, por favor...

—Creo que he encontrado la manera de solucionar este rompecabezas.

—¿Y es?

Maldonado tomó aire y lo miró a los ojos.

—Sé que va a sonar disparatado, pero debes prometerme que confiarás en mí.

—Pides demasiado, *amic meu*.

—Por fin, esa adivina nos va a iluminar el camino.

38

Para Rojo, el plan era descabellado, pero inteligente. Eso era lo más importante. No contaban con más opciones.

Maldonado descolgó el teléfono y marcó el número de los estudios de televisión. Si había alguien que podía poner freno a Berlanga, esa persona era Madame Fournier, la única estrella mediática capaz de generar el revuelo mediático necesario para arrastrar a decenas de periodistas y curiosos con ella.

Rojo observaba atento a su compañero.

Dada la hora, era probable que Fournier no hubiese llegado todavía a las instalaciones de los estudios, pero no les preocupó. Sabían que, en cuanto el detective soltara la bomba informativa, los equipos de dirección se pondrían en contacto con ella para hacer un programa especial.

—Sí, buenos días... —dijo Maldonado, al teléfono—. Quiero hablar con la señora Fournier... Sí, soy yo, el señor Maldonado... Sí, el mismo que estuvo ayer... Eso es... Entiendo, vaya... Bueno, pues me gustaría dejarle un mensaje... Es urgente, por favor... Dígale a la señora Fournier de mi parte, que hemos encontrado a esa mujer al norte de Pozuelo. Ella sabrá de lo que hablo.

El detective colgó y se sintió como si hubiese prendido la mecha de una caja de dinamita.

—¿Satisfecho? —preguntó Rojo, preparado para salir del despacho.

—Espero que esto salga bien.

39

A nadie le gustaba trabajar un sábado por la mañana y menos fuera de su turno, pero la investigación parecía llegar a su final. Sentado frente a la barra de zinc del bar Padrao, Berlanga tomaba un café con leche en vaso largo, junto al inspector Ledrado que hablaba en ese momento por teléfono y a otros compañeros de la comisaría Centro. Tenían a ese Rubio contra las cuerdas, pensaba mientras movía la cucharilla en el vaso para que se disolviera el azúcar. Dos grupos de agentes lo estaban vigilando a las afueras de su residencia. Para el inspector, lo más probable era que ya estuviera poniendo en marcha su plan de fuga. Si era cierto que esa mujer seguía viva y que tenía una relación con él, era también posible que decidieran huir juntos.

«No podemos relajarnos demasiado», pensó en silencio.

Tan sólo necesitaban la aprobación del juez para entrar en esa finca y encontrar a las mujeres. El juez que estaba a cargo de la investigación, amigo del comisario, no les pondría demasiados impedimentos, ya que había perdido a su hija veinte años atrás, a causa de un robo. Esperó que no se entretuviera demasiado.

Esa mañana, el inspector se notó hambriento. Puede que fuera a causa del estrés o de la mala alimentación que había llevado durante los últimos días. El ascenso también formaba parte de sus preocupaciones. Si cerraba el caso con éxito, se dijo, se quitaría un peso de encima y tendría todas las papeletas para recibir el tan ansiado ascenso. Sin embargo, si no lo lograba, aquel episodio mancharía su expediente hasta que consiguiera limpiarlo con otros éxitos. Pidió tres churros para mojarlos en el café y miró a la televisión que había en lo alto de una esquina. Pensó en Maldonado, en Rojo... y temió no tener noticias de ellos. No era una buena señal. Decidió abstraerse, antes de perder la cabeza en sus pensamientos negativos y puso atención a la pantalla. Los programas de la mañana hacían un descanso durante el fin de semana y las parrillas televisivas se convertían en refritos de programas del pasado, documentales sobre perros e informativos que se repetían sin cese.

Ledrado regresó a su lado y se apoyó en la barra, dando un largo suspiro.

—¿Problemas en casa?

—Mi novia. Le he explicado que hoy tampoco llegaré para la comida en casa de sus padres.

—Y no se lo ha tomado bien.

—No, demasiado... Últimamente, nos vemos muy poco.

—Sabías que sería así, antes de entrar en el Cuerpo.

—Lo sé... ¿Hay novedades?

—Nada. No nos queda otra que esperar.

—Entiendo.

Los dos hombres regresaron la atención a la pantalla. De pronto, el canal que estaba sintonizado hizo un corte en la programación y emitió en directo. Los ojos de los inspectores se abrieron como platos. No entendían qué sucedía.

—¡Sube el volumen de la televisión, por favor! —pidió Berlanga.

Los demás agentes que se encontraban en el local giraron las cabezas hacia la pantalla.

En la televisión aparecía la presentadora del programa en el que colaboraba Madame Fournier. La emisión era improvisada y estaba fuera de la programación. Algo excepcional debía de estar sucediendo, pensó el inspector, para que hicieran un corte como ese. Concentrado, escuchó lo que decía aquella mujer:

«Buenos días, telespectadores que nos estáis viendo desde vuestras casas...», arrancaba la mujer mientras ganaba tiempo ante las cámaras.

Los realizadores pusieron la sintonía de Expediente X de fondo.

El espectáculo estaba asegurado.

«Hoy es un día especial... Estamos emitiendo en vivo y en directo porque tenemos una exclusiva relacionada con la desaparición de Cristina Blanco... Nuestra compañera y colaboradora la señora Fournier que, como ya sabrán, ha colaborado con la Policía Nacional durante las últimas horas, ha recibido un mensaje cósmico que será esclarecedor en la investigación...».

Los agentes que estaban en el bar se quedaron boquiabiertos.

—¿Mensaje cósmico? —preguntó Berlanga, en voz alta—. ¿Ha dicho eso?

—Me temo que sí.

—¡Dios! Esta no es manera de comenzar un sábado... —comentó, tapándose la cara con las manos—. Hicimos un pacto con esa mujer. ¿Qué diablos se ha inventado ahora?

«En estos momentos, varias cámaras del programa acompañan a una parte de nuestro equipo al lugar que las fuerzas del más allá han señalado a nuestra querida vidente. Es un momento único ya que, de ser cierto lo que nuestra colaboradora dice, podríamos conocer el paradero de Cristina Blanco».

La imagen cambió y apareció la vidente, con un nuevo abrigo de piel marrón y la bisutería brillante, subiendo a la parte trasera de un vehículo negro. Con ella también iba su asesor y dos periodistas del programa.

Las declaraciones de la presentadora enervaron al inspector, que se quedó paralizado ante las noticias.

Ledrado giró la cabeza lentamente y encontró sus ojos encendidos.

—¿Crees que es un farol?

—Me da igual lo que sea —dijo y sacó un billete que dejó en la barra—. Hay que mover el culo, antes de que esa petarda nos arruine la investigación.

40

Se había retrasado un poco, pero no tenía por qué preocuparse. Contaba con tiempo de sobra para terminar de hacer la maleta y conducir hasta la estación de trenes de Atocha. Allí se encontrarían. Comprobó los billetes de tren, que había comprado con destino a Barcelona. Pensó que serían unas largas y merecidas vacaciones. Desde la Ciudad Condal tendrían que conseguir un coche, pero eso no les supondría un problema. Conocía a un buen vendedor de chatarra que les ayudaría. Había sido Julián quien se lo había presentado en su momento y le debía algún que otro favor. Después huirían a Francia y el resto sería historia, cosa del pasado.

Metió dos camisas en el equipaje, ropa interior limpia y una bolsa de aseo. A continuación, se dirigió a la cocina para preparar el primer café de la mañana. Desde allí, miró por la ventana y no notó nada extraño. Rubio era consciente de que lo habían vigilado, sobre todo, desde el momento en el que esa pareja de detectives apareció en su propiedad, sospechaba. Por suerte, no le preocupaba. Clara le había leído las cartas varios días antes de que esos tipos se presentaran en su puerta. El futuro era cristalino y la no había indicios de que hubiera un tropiezo en su vida. Se rio para sus adentros. Pulsó el botón de la cafetera de cápsulas y disfrutó del aroma. Con la taza sujeta por los dedos, se cuestionó cómo su querida Clara, durante la lectura del Tarot, no había advertido la muerte de su hijo. Sonrió y dio un sorbo al café. Después pensó que había hecho lo correcto. Julián era un estorbo, un delincuente y un déspota. Nunca aceptó la relación entre el empresario y su madre, sino que se aprovechaba de ello, haciéndole chantaje a su propio jefe. Así que tuvo lo que merecía, pensó frunciendo el ceño y sin arrepentirse de lo que había hecho. «Siempre fuiste un incordio».

Volvió a mirar por la ventana. Echaría de menos aquello, pero no demasiado, reflexionó. Necesitaba empezar de nuevo, una segunda oportunidad. Había amasado la fortuna necesaria para no tener que volver a trabajar. Tampoco le pesaba la conciencia, pues él no había hecho otra cosa que ayudar a un ser querido. «¿Acaso no es eso lo que enseña la Biblia?», se preguntaba cada vez que pensaba en Marta Robles y en su oscuro final. Él no era un asesino, tan sólo un buen amigo.

Dio un segundo sorbo al café y encendió la televisión, antes de dejarse arrastrar por la marea de pensamientos que lo abrumaba cada cierto tiempo. El ruido le ayudaba a desconectar y le hacía compañía en aquella casa vacía y silenciosa. Agarró el mando de la televisión y pasó los canales, en busca de algo que mereciera la pena. Entonces, se quedó paralizando ante lo que vio.

La emisión era en directo. Las cámaras de televisión se adentraban en un entorno familiar, totalmente alejado del perímetro urbano de la capital. Puso atención a la pantalla, intentando reconocer algunos de los detalles que aparecían en el televisor.

«¿Qué cojones?», se preguntó, cuando reconoció el camino que llevaba a su propia casa. De repente, el sonido se amplificó, como si estuviera en una sala de cine. Primero, miró la taza de café. Después, el mando a distancia. No había subido el volumen, pero se sentía muy real.

Los vehículos levantaron una polvareda en el camino. Giró la cabeza y avistó los coches que se acercaban a la finca.

—No puede ser...

Caminó hasta la ventana y observó con atención.

De los coches salieron varias personas. De una furgoneta aparecieron dos cámaras de televisión y dos reporteros con micrófonos en la mano. La llegada del programa de televisión llamó la atención de los vecinos más curiosos, que salieron de sus propiedades para averiguar qué sucedía. Entonces oyó una sirena de policía, procedente de algún lugar cercano.

El timbre de la entrada a la finca sonó.

Alterado, intentó encontrar la calma. Bajó las persianas de la cocina y caminó al dormitorio. Se sentó en la cama y agarró el teléfono móvil.

«No, no puede ser... Las cartas no me avisaron de esto».

Buscó entre los contactos el número de su amante y pulsó el botón verde, pero ella no contestó a la llamada.

41

———

I.

41

Las cartas estaban sobre la mesa. Maldonado sentía la presión de su compañero y la responsabilidad de que todo saliera bien. Había sido un plan arriesgado y muy improvisado. Confiar en Fournier era como darle un arma a un niño y pedirle que no dispare. Una vez hecha la llamada, ahora tenían que ejecutar la segunda parte del plan. Existía la probabilidad de que Cristina Blanco y Marla estuvieran ocultas en el área de la Casa de Campo que Rojo había investigado. No quiso discutir con él, pero le pareció extraño que Berlanga y sus compañeros no hubieran encontrado nada. ¿Qué había de aquello de que varias cabezas piensan mejor que una sola?, se preguntó.

Como fuera, debían encontrar a esas dos mujeres antes de que la Policía detuviera a Rubio y Moreau lograra salir del país. Era evidente que la pareja de criminales tenía un plan y su misión era abortarlo. Una vez que salvaran a Blanco, dentro de sus condiciones, debía reconocer a Rubio y también a esa mujer, de manera pública y después en la comisaría. Su intervención formaba parte del espectáculo. Después de todo, Fournier quedaría como una impostora y la Policía limpiaría la triste fama que había recibido en los últimos días.

Subidos en el viejo Golf, condujeron desde los bajos de Argüelles hasta el paseo de Extremadura para adentrarse en la Casa de Campo. Rojo se mostraba silencioso, lo que era habitual en él. Encendió la radio y sintonizó las noticias. Durante el fin de semana, la mayoría de las emisoras reproducían música y los programas de debate no regresaban hasta el lunes. Girando el dial de la radio, dio con algo que llamó su atención. Lo sintonizó para que se escuchara con claridad y subió el volumen.

«Parece que hay novedades acerca de la desaparición de Cristina Blanco... Un equipo de reporteros y cámaras del programa Sálvese Quien Pueda se ha plantado en la puerta de una propiedad privada, al norte de Pozuelo de Alarcón. Entre los miembros del equipo, también se encuentra la colaboradora Madame Fournier, conocida durante las últimas semanas por sus polémicas declaraciones acerca del estado vital de Blanco... Según unos compañeros de la redacción, allí también se encuentran varias unidades del Cuerpo Nacional de la Policía, que han aparecido tras la irrupción de los reporteros y el desconcierto de los vecinos... Seguiremos informando más tarde acerca de la situación».

—Estupendo —comentó Rojo, bajando el volumen—. Berlanga tiene que estar contento.

—Rubio no tardará en cantar. Me pregunto dónde estará ella.

—¿Moreau?

—Sí.

—Es un fantasma. Puede que ya haya salido del país.

—No.

Rojo frunció el ceño.

—¿Es por la llamada? ¡Venga, ya! —exclamó, incrédulo—. Pensaba que ya estabas curtido en estas cosas... Es el típico argumento para ganar tiempo. Que pares o no la investigación, le importa un carajo. Su intención es largarse antes de que la detengas y empezar de nuevo en otro lugar. No cambian. Es una estafadora, no una asesina como tal, no busca llamar nuestra atención...

—Pues lo ha conseguido.

—No te preocupes por ella, la cazaremos. Ahora sabemos quién es —contestó, confiado—. Centrémonos en encontrar a Marla y a Blanco. Debemos concentrar toda nuestra energía en ellas.

Maldonado dio un respingo y se adentró en la estrecha carretera de doble sentido que llevaba hacia el Pinar de las Siete Hermanas. Recorrer el trayecto por segunda vez, le produjo un sentimiento extraño. Tan sólo habían pasado unos días desde el encuentro con Berlanga, pero sintió que hubiese sido una eternidad.

No estaba de acuerdo con Rojo o, al menos, no pensaba como él. El valenciano seguía ensimismado en su cruzada: encontrar a esas mujeres y rescatar el cadáver de Marta

Robles, confiando en que Rubio lo hubiera enterrado en su propiedad.

—¿Y si estamos cometiendo el error más grave de nuestras carreras? —preguntó Maldonado, ahogado en un mar de dudas—. Las consecuencias pueden ser devastadoras.

—Son momentos como este, los que nos definen como personas, detective —respondió sin ninguna clase de presión en sus palabras—. La duda es como un veneno que te paraliza hasta convertirte en vegetal. Prefiero cometer mil errores, antes de quedarme de brazos cruzados... Y, sí, los errores se pagan, pero también se asumen... Sin embargo, la cobardía pesa mucho más.

***

A esas horas de la mañana, la presencia de los coches dejó de notarse en cuanto tomaron el desvío que los acercaba a la fuente.

Se detuvieron bajo la señal que indicaba el inicio de la pinada centenaria y avistaron la larga extensión de árboles que llegaba al horizonte del camino. La fuente no debía de estar muy lejos de allí, pensaron, tal y como marcaba el mapa. Siguiendo las indicaciones, descubrieron que la carretera estaba cortada y que sólo se podía acceder al camino a pie.

Rojo se quitó el cinturón de seguridad y bajó del coche. Maldonado siguió sus pasos.

El asfalto se convirtió en grava y después en tierra y hierba seca. El silencio era aterrador. Cada pisada crujía, llegando su sonido hasta los árboles. Se adentraron en el sendero que llevaba a la fuente, sin perder de vista su alrededor. A lo lejos avistaban sombras, siluetas que se movían pero que no parecían ser otra cosa que un efecto óptico.

Rojo echó mano al cinto para sacar la pistola, pero Maldonado lo frenó.

—No nos apresuremos. Nos puede ver alguien.

El inspector frunció el ceño y asintió. Su compañero tenía razón, aunque no estaba de acuerdo con él.

Tras avanzar varios minutos y adentrarse en un segundo camino rodeado de vegetación, primero vieron la casa-refugio, cercada por una reja metálica y después la fuente de piedra que había a escasos metros de la construcción.

No vieron a nadie.

Maldonado se aproximó a la fuente y leyó la inscripción:

«Ayuntamiento de Madrid. Suministro cortado por heladas».

La fuente se encontraba en medio de un cuadrado de losas del mismo tipo de piedra. Sin embargo, no encontró ninguna entrada al subterráneo.

Después dio un vistazo a ambos lados.

—¡Eh, ven aquí! —exclamó Rojo, que husmeaba la vivienda desde el exterior—. Mira esto.

El detective se acercó al inspector. El refugio parecía abandonado. Tenía el aspecto de cualquier refugio de campo, con el tejado de teja árabe, una chimenea y las ventanas cuadradas. Del interior salía un aire frío con un fuerte olor a humedad. Sospecharon que el refugio conectaba con los bajos de la fuente y que allí estaría la respuesta a su pregunta.

Rojo agarró el cerrojo que impedía el acceso y sacó la pistola.

—¿Se te ocurre una idea mejor? —preguntó y apuntó.

—Tú mismo.

El disparo quebró el candado y el estrépito rebotó en el área, provocando que los pájaros salieran espantados.

Después entraron en la propiedad, accediendo al interior del refugio.

42

_·_

La vivienda no tenía luz, pero el resplandor del exterior entraba por las ventanas y aportaba un poco de claridad. La humedad había desconchado la pintura de las paredes y había hinchado el techo. No les sorprendió que aquel lugar estuviera abandonado, pues pronto se convertiría en un montón de escombros si no lo rehabilitaban. Inspeccionaron la única habitación que había, sin encontrar nada que les fuera útil. De una pared colgaba un arrugado calendario de los años sesenta. Sobre una mesa de madera había un martillo, un folleto turístico y una botella de cristal llena de polvo.

Rastrearon las baldosas buscando una entrada a las profundidades, pero no parecía haber ninguna trampilla.

—A esto me refería cuando Berlanga dijo que no encontraron nada... —comentó Maldonado, dando un vistazo al sucio suelo por el que se movían—. Aquí no parece haber ningún acceso.

—No seas tan cabezón —respondió Rojo, concentrado en su tarea—. Tenemos que intentarlo.

—Puede que esté fuera, escondido entre la maleza.

Entonces oyeron un ruido. Un vehículo acababa de llegar las aproximaciones de la casa.

—¿Has oído eso?

Rojo le hizo una señal de silencio. Maldonado sacó su revólver y los dos miraron por las ventanas.

Reconocieron el coche: era un Volvo de color azul marino, el mismo que el empleado del Parque de Atracciones había visto la noche que sorprendió a Cristina Blanco.

—Tenemos visita —murmuró Rojo—. ¿Ves algo?

—No.

El vehículo estaba detenido, pero no había nadie en el interior. Se acercaron a la puerta, colocándose a ambos lados de la entrada.

De pronto, un disparo alcanzó el interior de la casa. La explosión rebotó en sus oídos, provocando un pitido ensordecedor. Maldonado se agachó, desconociendo de dónde procedía el impacto. Entonces vio a su compañero en el suelo, herido en la pierna.

—¡Rojo! —exclamó, dejándose llevar por la confusión y se agachó a socorrerlo.

La bala había alcanzado el muslo del inspector, sin llegar a perforar la carne.

—¡Mierda, Maldonado! ¡No te quedes ahí parado!

Cuando se puso en pie, una silueta lo sorprendió por la espalda. No tuvo tiempo para reaccionar. Un golpe en la nuca lo noqueó, tirándolo al suelo y dejándolo inconsciente por unos segundos. Lo siguiente que oyó, fue un segundo impacto.

—Rojo...

Todo se volvió oscuro.

43

Cuando abrió los ojos estaba tirado en el suelo, en un lugar que no reconocía. Vio a Rojo delante de él, atándole las manos con una brida de plástico.

—¿Qué haces? —preguntó, aún aturdido por la sacudida que le habían propinado. La cabeza le daba vueltas y el pecho le dolía al respirar.

La luz de una linterna lo cegó. Rojo no soltó palabra y apretó fuerte para que las muñecas quedaran inmóviles. Después le inmovilizó las piernas para que no se pusiera en pie. Seguía vivo y eso era lo importante. Se cuestionó qué habría sucedido tras el segundo disparo.

Oyó el ruido de unas cañerías, que procedía de lejos.

—Date prisa —dijo la voz de una mujer, con un marcado acento francés en el habla.

No podía verla, estaba detrás de ella.

—Rojo...

Pero el inspector obedecía las órdenes.

—¿Javier? —preguntó una segunda voz, más familiar para sus oídos.

—¿Marla, eres tú?

—¡Callaos! —gritó la mujer.

Maldonado tragó saliva e intentó incorporarse, pero no lograba mantener el equilibrio.

El inspector se puso en pie, miró al otro lado y levantó las manos. Estaba herido, pero se esforzaba por mantenerse erguido.

Las pisadas se acercaron al detective y al fin logró verla.

La mujer tenía el rostro arrugado, el pelo largo y lleno de canas. Iba vestida con un abrigo largo con forma de capa. Desde el suelo, calculó que su altura no superaría la de su amigo. No tuvo la menor duda de que estaba ante Clara Moreau y que los había arrastrado a aquel zulo.

—Ahora, camina hacia la celda —ordenó, apuntando al inspector con el arma. Rojo dio media vuelta y se dirigió al final del pasillo. La penumbra impedía que Maldonado pudiera ver lo que había allí, pero sospechó que era donde Marla y Cristina Blanco estaban encerradas. La mujer siguió los pasos del inspector, sin bajar el arma. Sacó un juego de llaves y abrió una puerta—. Entra.

—No te vas a salir con la tuya.

—Cierra el pico —respondió, tajante.

La pesada puerta se movió y el inspector desapareció en la oscuridad. Maldonado se preguntó por qué lo habría dejado fuera, pero debía actuar rápido antes de que descargara la munición en su cuerpo.

Los pasos regresaron y la silueta de la mujer se detuvo frente a los pies del detective. Entonces vio el cañón apuntando a su rostro.

—¿Te crees más listo que yo, detective?

Él guardó silencio. Su cabeza buscaba una maniobra. De reojo, miró al suelo de tierra y no encontró nada con lo que golpearla. Estaba perdido, desarmado y a sus pies.

—¡Contesta a la pregunta!

—No... —respondió, regalándole lo que quería oír.

—Sabía que este momento llegaría... Podía verte a mis pies, como una culebra antes de ser aplastada por una roca... Te lo he advertido en dos ocasiones y no me has hecho caso —respondió con un tono de enfado—. Hombres... Tan tercos e irracionales, capaces de jugaros la vida por el orgullo... Eres tan terco como mi hijo... Tan sólo tenías que convencer a tu amigo para que se olvidara del asunto.

—Mi amigo no me iba a escuchar...

La respuesta no le agradó. Desvió el cañón hacia sus pies y disparó dos veces al suelo. El estruendo retumbó en el interior del corredor. Maldonado reaccionó con miedo y oyó los gritos de una tercera persona que no era Marla, ni Rojo. Cristina Blanco seguía con vida.

—Tranquilos... —dijo ella y se rio—. Nadie nos puede oír.

El detective la miró fijamente. Tenía los ojos claros y un halo de tristeza en ellos.

—No nos vas a matar, ¿verdad?

—No, yo no soy una asesina... —contestó, afligida, sin desviar el arma de su cuerpo—, pero no correréis mejor suerte que la de Marta.

—Fuiste tú.

El rostro de la mujer se llenó de ira y reaccionó sujetando el arma con más fuerza.

—Fue un accidente... Nunca quise hacerle daño, pero nos amenazó con denunciarnos a la policía. Si mi hijo no me hubiera traicionado...

—Julián...

—Estaba enamorado de ella. Ese pobre diablo casi nos lleva a la cárcel por su culpa... Y, sin embargo, no aprendió la lección.

—¿Dónde está Marta Robles?

Sus ojos se iluminaron.

—¡Ja! Vuestros amigos pronto lo averiguarán. Roberto merece pagar por lo que ha hecho. ¡Ese idiota me ha quitado a mi hijo para siempre!

Maldonado escuchaba atento, a la vez que intentaba buscar la manera de abatirla. Sus opciones eran limitadas, por no decir que eran nulas. Entonces oyó un movimiento al fondo. Era el ruido de algo. Aunque no podía verlo, sintió que Rojo no se quedaría quieto. Necesitaba mantener la conversación activa.

—Rubio mató a tu hijo cuando supo que buscabais a Cristina Blanco.

—Ese energúmeno no atendió a mis palabras, pero ya es tarde para lamentarse... —contestó, pendiente de él—. En ocasiones, la vida te da una de cal y también una de arena, pero... ¿qué importa? Yo ya estoy muerta, ¿verdad?

—Todos saben que sigues viva. Es cuestión de tiempo que te encuentren.

—Eso no sucederá... Rubio vive en un hechizo. Jamás confesará la verdad... —explicó, confiada—. Cree que regresaré para sacarlo de la cárcel, pero eso nunca ocurrirá. Pronto se dará cuenta de que sus ahorros habrán desaparecido conmigo... y entonces se pudrirá en una celda. No podréis encontrarme.

El ruido de fondo se paró en seco. Debía insistir.

—Has secuestrado a un policía. ¿Sabes lo que significa esto?

—No me hagas reír, fracasado... —respondió, desdeñosa —. Reconozco que habéis sido muy hábiles metiendo las narices en el pasado... Julián cometió el mismo error por segunda vez con esta mujer, pero su debilidad siempre fueron las emociones.

—Todavía quedaba algo humano en él.

—No sois tan diferentes. A ti te sucede lo mismo con esa chica.

—No me conoces de nada.

—Puedo verlo en ti y eso me basta.

—Yo también puedo ver que no soy el único que se deja llevar por los sentimientos...

—Buen truco, pero no te equivoques —respondió la mujer—. Le dije que no volvería a hacer lo que pasó con su anterior novia. No me hizo caso.... y cuando me di cuenta, era demasiado tarde.

—Era él quién las seducía y las llevaba a ti, ¿verdad? — preguntó, mirando de reojo al fondo del pasadizo—. Las convencía de que tú podrías salvarlas de su abismo.

—Todos necesitamos encontrar la fe en algún lugar. Ellas sólo querían escuchar lo que nadie les decía... Cuando los ojos sufren ceguera, la oscuridad se convierte en la única esperanza... Pero... ¡basta ya de palabrería!

—¿Qué vas a hacer con nosotros?

Clara Moreau soltó una fuerte carcajada que se dispersó en la oscuridad del pasadizo.

—Pobre miserable... Es en lo único que has pensado desde que has abierto los ojos...

El ruido del fondo regresó a sus oídos.

—Lárgate y no nos hagas daño... Todavía estás a tiempo de huir, antes de que empiecen a buscarnos.

—Eso no sucederá. Os dejaré aquí y moriréis lentamente... No os encontrarán... Verás cómo tus amigos enloquecerán y morirán delante de ti, incapaz de hacer nada por salvar sus vidas...

—Rubio confesará y te traicionará.

—Ya te lo he dicho. Guardará su silencio hasta que sea tarde... No esperes demasiado de ese pobre tonto. Sellaré la entrada y nadie os encontrará. Quizá no es el final que habías imaginado, detective, pero *c'est la vie...* No debiste involucrar a la muchacha en esto.

A pesar de su estado, la furia brotó de su cuerpo.

«Yo no la involucré... pero nadie me dice lo que no puedo hacer».

Forzó las muñecas y las piernas para romper las bridas que lo sujetaban, pero el esfuerzo fue en vano.

Se oyó un chasquido procedente del fondo.

Maldonado desvió la mirada por error y el gesto alertó a la mujer. Dio un paso al frente, acercándose a él y el arma se desvió hacia la oscuridad.

—¡Estaos quietos! —gritó.

Uno.

Dos.

No podía controlar sus pensamientos.

La pierna de la mujer se quedó a unos centímetros de él.

Tres.

Cuatro.

Recordó las palabras de Rojo.

Pesaba más no haberlo intentado.

«Una de cal y otra de arena».

En un acto de rabia, se abalanzó y la mordió en la pierna.

—¡Ah! —gritó la pitonisa a causa del dolor.

El arma apuntó a él y la mujer disparó dos veces al suelo. La puerta de hierro se abrió. Maldonado se apartó como pudo para esquivar las balas. La cara de un martillo golpeó el rostro de la mujer, volteando su cabeza hacia atrás y haciendo que soltara un chorro de sangre por la boca. El impacto la derrumbó por completo. Rojo apareció de la penumbra, recogió el arma del suelo e inmovilizó a la adivina con la pierna.

—¡Vas a pagar por todo el daño que has hecho! —gritó el inspector, apuntándola con el arma.

—Hazlo...

—No lo hagas, Rojo...

Pero el valenciano ignoró al detective. Empuñó la pistola con las dos manos y la acercó a la cabeza de la adivina.

—¡Rojo! —insistió.

El inspector tensó los brazos y clavó el cañón en la frente de la mujer.

—¡Mereces hundirte en el infierno, bastarda!

—Vamos, dispara de una vez... —balbuceó Moreau, moribunda e indefensa.

—¡Rojo, por favor! ¡No la escuches, sé más inteligente que ella!

Uno.

Dos.

El índice acarició el gatillo.

—¡Dios! —gritó a pleno pulmón—. ¡Debe recibir su castigo!

Maldonado cerró los ojos.

Se oyeron hasta tres balazos que rebotaron en el interior.

Pero los gemidos de Moreau seguían escuchándose.

El detective suspiró aliviado.

En el último momento, la mente fría del inspector había tomado el control de sus emociones. Clara Moreau gemía aturdida en el suelo.

Después apareció Marla, que corrió hacia el detective.

—¡Javier! —exclamó al verlo. Tenía un aspecto desaliñado, pero mantenía la vitalidad de siempre—. Sabía que vendrías...

—Marla...

—Te ayudaré a deshacerte de esto —dijo, quitando los cierres que lo sujetaban.

Cuando quedó libre, sus rostros se encontraron. El cruce de miradas fue suficiente para decirle que se alegraba de verla.

—Me mentiste, Marla... y casi nos cuesta la vida.

Ella le abrazó la cabeza contra su pecho.

—No seas cascarrabias, Javier... —dijo, sujetándolo en su regazo—. En ocasiones, es mejor quedarse callado.

La secretaria lo ayudó a ponerse en pie.

—¿Dónde está Blanco?

—En la celda —señaló Rojo—. Hay que llamar a una ambulancia. Está deshidratada y narcotizada.

Maldonado respiró hondo y dio un largo suspiro de alivio. Se acercó a la mujer y la observó desde lo alto. Su boca estaba llena de sangre. El golpe le había roto varios dientes.

Sin embargo, a pesar del sufrimiento, no encontró un ápice de remordimiento en su mirada.

Rojo tenía razón. Esa mujer merecía el peor de los castigos.

—La verdad es que no es el final que había imaginado... pero se parece bastante.

44

Una ambulancia se presentó en las inmediaciones de la fuente en cuanto recibieron el aviso del 112 y también llegó un furgón del Cuerpo acompañado de un coche patrulla. Los agentes detuvieron a Clara Moreau, que se encontraba en busca y captura y que estaba acusada de secuestro, estafa, desobediencia, fraude y homicidio.

Tras la atención de los médicos, la metieron en el furgón y se la llevaron directa a los calabozos de la comisaría Centro, hasta que pasara a disposición del juez. La vidente perjuró que denunciaría al inspector valenciano por lo que le había hecho, o eso quiso entender él. El martillazo le había dejado la mandíbula en tal estado, que su balbuceo era ininteligible.

Por otro lado, los sanitarios también se encargaron de la herida superficial de Rojo, que no necesitó más que una cura y de Cristina Blanco, quien apenas podía comunicarse con claridad debido a la deshidratación y la intoxicación que había sufrido, por la ingesta de agua contaminada.

—¿Por qué no la acompañas? —le pidió el detective a la secretaria—. Cuando se recupere, necesitará el apoyo de alguien que no la juzgue.

—Está bien. Hablaremos más tarde.

Marla no rechistó y acompañó a la víctima en la ambulancia.

El furgón y la ambulancia desaparecieron de la carretera que salía de la Casa de Campo y los agentes se quedaron precintando las inmediaciones para evitar a los curiosos. La pareja de sabuesos se quedó en silencio, detenida junto a la fuente.

Maldonado sacó un *light* y le ofreció otro al inspector.

Los dos fumaron en silencio, como si hubieran terminado una larga jornada de vendimia.

Ninguno comentó lo sucedido.

Ni sobre el mordisco, ni tampoco sobre el martillazo, aunque ambos se morían de ganas por preguntarle al otro.

Puede que Clara Moreau tuviera razón y que la vida nos da una de cal y otra de arena cuando menos lo esperamos, pensó el detective. Ni siquiera la vidente pudo imaginar su final.

Tampoco lo hizo Rubio, cuando vio a la prensa frente a la puerta de su propiedad, desatada e insurrecta a las órdenes de los agentes de policía.

***

Horas más tarde, la pareja irrumpió en los alrededores de la finca del empresario. El plan se había alargado más de lo imaginado. Por una parte, Berlanga había conseguido la orden de registro y una vez adentrados en la finca del empresario, la sorpresa llegó cuando el georradar descubrió una irregularidad sobre el terreno.

—Tendremos que cavar —dijo el policía encargado de utilizar la máquina.

En riguroso directo, bajo la supervisión de las Fuerzas de Seguridad, las cámaras de televisión emitieron la excavación como si formara parte de un programa de telerrealidad. El protagonismo de Fournier pendía de un hilo. Ella aseguraba que Cristina Blanco se encontraba escondida en lo profundo del terreno. Sin embargo, las explicaciones que daba la médium eran cada vez más incongruentes. Los esfuerzos por aguantar los niveles de audiencia comenzaban a pasarle factura. Pronto, antes de que tuviera tiempo para recular, su credibilidad quedaría manchada en cuanto los agentes descubrieran qué había en ese agujero.

La ardua jornada se alargó hasta la madrugada. La excavadora extrajo cien toneladas de tierra hasta que dio con un objeto sólido de gran tamaño. Al fondo del hoyo, en el interior de un bidón de gasolina lleno de cemento, el personal de la excavación encontró el cadáver de una mujer, envuelto en una manta.

Ante el descubrimiento, Ricardo Rubio fue detenido y llevado a la comisaría Centro a declarar.

Esa misma noche, no hizo falta esperar a los análisis genéticos. Tras un intenso interrogatorio dirigido por el inspector Berlanga, el empresario confesó que el cadáver pertenecía a Marta Robles, que lo había enterrado siete años antes y se declaró inocente del homicidio de la mujer. Según su versión, el culpable era Julián Quintero, el novio de Robles e hijo de su amante.

45

— · —

Domingo.

Tras una larga rueda de prensa comandada por el
comisario y por el inspector Miguel Berlanga, la Policía, por
un lado, ponía fin al secuestro de Cristina Blanco, que se
recuperaba extraordinariamente en el hospital y por otro, a
los ocho años de sufrimiento para los padres de Marta
Robles, quienes ahora podrían enterrar a su hija en el
cementerio de su ciudad.

Las noticias se llenaron de titulares, alabando la gestión
del Cuerpo y cómo el inspector había manejado su brigada.
En cuanto a Fournier, tal y como auguraban las quinielas,
desapareció de las parrillas de televisión tras el estrepitoso
error que había cometido ante las cámaras. Por su parte,
Maldonado había sobrevalorado su don, si es que tenía uno
que no fuera el de engatusar a las cámaras.

El último día fue tranquilo. El teléfono no sonó durante
la mañana y logró descansar las horas que no había dormido
a lo largo de la semana.

Al contrario de lo que imaginó, Berlanga se sentía contento y pletórico. La inyección de buenas noticias le había alegrado el ánimo, además de conocer que pronto sería ascendido a la categoría de inspector jefe. El madrileño citó al detective y al inspector valenciano en el Café de Chinitas, un emblemático restaurante castizo en pleno centro de la capital, conocido por su cocido madrileño y los espectáculos de flamenco que se organizaban en el tablao del salón del restaurante.

Consciente de que los reporteros merodearían por los alrededores, se afeitó la barba y se puso una camisa limpia para la ocasión. Ese día, el protagonismo era para su amigo, pero si se daba la oportunidad, no quería salir mal en las fotografías.

De camino al encuentro se cruzó con el inspector Rojo, vestido con su ya indumentaria habitual formada por chaqueta de cuero y pantalones vaqueros desgastados, que llegaba antes de lo previsto. Tras el saludo, decidieron esperar al inspector en el interior del restaurante. La reserva tenía lugar en una de las salas privadas del local. Una vez sentados a la mesa, rodeados de muebles rojos y decoración flamenca, pidieron dos cervezas y esperaron a que la camarera los dejara a solas.

—Salud, detective —dijo el policía alzando la copa.

Brindaron y bebieron.

Maldonado sospechó que Berlanga no tardaría en aparecer, así que tomó la iniciativa y rompió el hielo. La curiosidad era superior a él.

—Tu último día, ¿verdad?

—Así es. Mi último día en la capital. ¿Qué harás después?

El detective sonrió y resopló.

—Volveré a buscar la manera de pagar las facturas. No es tan arriesgado, pero da menos dolores de cabeza.

—¿Qué hay de ti?

—Por suerte, Alicante es un lugar tranquilo. Me acostumbraré rápido a la rutina.

—Comprendo... —comentó acariciando la copa de cerveza—. ¿Estás satisfecho?

Rojo arqueó una ceja.

—Es para estarlo. Hemos salvado una vida.

—Ya, no sé... Era tu caso. Llevabas mucho tiempo detrás de esa gente.

—Con los años, he aprendido a no involucrarme personalmente en las investigaciones... Hoy han sido ellos, mañana serán otros... Mi única intención era cumplir la promesa que les hice a los familiares de esa mujer. De un modo u otro, lo he logrado.

—¿No te importa que Berlanga se haya llevado todo el reconocimiento?

—No debería importarnos —contestó, incluyendo al detective—. El reconocimiento no sirve de nada cuando te vas a dormir. Es ahí cuando debes estar en paz contigo mismo.

—Tomo nota de tus palabras. Estoy convencido de que me harán falta en el futuro.

—¿Por qué te echaron del Cuerpo?

La pregunta inquietó al detective.

—Ya te lo dije. Asuntos Internos inició una cruzada contra mí por mi comportamiento.

—No, me refiero a la auténtica razón por la que no peleaste lo suficiente para quedarte.

Las palabras lo atravesaron como agujas incandescentes. Por primera vez, alguien se atrevía a escarbar en lo más profundo de su pasado.

—Supongo que mi final no fue muy diferente al de Fournier —explicó, nostálgico—. Llegué a lo más alto y quise todavía más... Digamos que me excedí, haciendo lo que siempre había criticado.

—Libérate de esa culpa. Ni siquiera Dios es perfecto. De lo contrario, no cometeríamos errores.

Maldonado levantó los hombros.

—Visto así...

—¿Qué pasará ahora con la chica? Marla, tu secretaria.

La segunda pregunta le dio de lleno en el corazón. Todo había sucedido tan rápido, que no había tenido ocasión para pensar en ella.

—Fingiré que todo sigue igual. Es lo más apropiado.

Rojo ladeó la cabeza.

—Es una buena decisión, aunque no la mejor —respondió, reflexivo—. No soy la persona más apropiada para dar consejos de pareja.

Berlanga apareció radiante, chistoso y con una energía diferente. El éxito de la investigación le había subido el estado de ánimo y eso era de agradecer para el detective. Echaba de menos ver a su amigo así y se alegró al verlo tan contento.

«Todos merecemos que la vida nos sonría, aunque sea sólo de vez en cuando».

Pidieron cocido madrileño para comer, el plato estrella de la casa, y una botella de Ramón Bilbao a gusto del inspector valenciano, que no dudó a la hora de elegir la bebida. Berlanga, satisfecho por la labor de todo el Cuerpo, explicó cómo Rubio había cantado sin miramientos, durante el interrogatorio.

—Tendríais que haber visto su cara —dijo, riéndose al recordar la situación—. Su realidad se desmoronó.

—No será un juicio sencillo —comentó Rojo—. La defensa se encargará de demostrar su inocencia.

—Ese ya no es mi problema. Lo importante es que hemos encontrado el cadáver y que Cristina Blanco saldrá pronto del hospital.

Los dos hombres callaron. El inspector ignoraba el detalle de que la secretaria también había sido secuestrada. Un problema que había puesto contra las cuerdas al detective.

—La gente como esa seguirá pululando por este hostil planeta... —comentó el valenciano—, y nuestro trabajo será darles caza mientras podamos hacerlo.

—Me alegra saber que así será —dijo Maldonado.

—¿Cómo supisteis que estaba escondida en ese lugar? —preguntó, intrigado—. Os juro que habíamos peinado toda la zona...

Maldonado miró al valenciano y dio un sorbo a la copa.

—Aquí, el invitado... Ha sido mérito suyo.

Berlanga observó a Rojo.

—¿Sí? No vengas ahora con falsa modestia, Javier, que nos conocemos...

—Es la verdad.

Rojo no hizo ningún comentario.

—En fin, sea como sea, brindemos —dijo Berlanga y alzó la copa—. Hay que celebrar las pequeñas victorias.

***

Tras la comida, salieron del restaurante y se despidieron en la puerta. Berlanga debía regresar a la comisaría. A pesar de ser domingo, su teléfono móvil no dejaba de sonar. Los compromisos públicos llenaban su agenda.

—Ha sido un placer, inspector —dijo el madrileño, estrechando la mano de Rojo y despidiéndose de él—. Me alegra haberte visto, después de tantos años.

—Estamos en paz, Berlanga.

—Para estas cosas no existen los favores, sino el compañerismo —respondió, contento—. Espero que tengas un buen viaje de vuelta.

El inspector se alejó, con las manos en el interior de la gabardina y desapareció por una de las empinadas esquinas del histórico barrio de la ciudad.

—Veremos lo que le dura el buen humor —comentó Maldonado.

—Detesto las despedidas, detective, pero es hora de marcharme.

—Lo sé, Rojo, lo sé.

Se miraron fijamente, sin hacer ningún gesto de camaradería.

—Ha sido un placer trabajar mano a mano en este asunto... ¿Sinceramente? No daba un duro por ti.

—Gracias por el cumplido. Yo también me he divertido.

La respuesta logró sacarle una sonrisa al valenciano.

—Avísame si algún día vas por el Levante.

—Lo haría, si tuviera modo de contactar contigo.

—Tienes razón —dijo y se rascó el mentón—. No te preocupes por eso, te encontraré.

Estrecharon con fuerza las manos y Rojo echó a caminar hacia la plaza de Santo Domingo. Maldonado se quedó plantado en la puerta del restaurante, sacó un *light* y lo disfrutó lentamente.

«Un tipo enigmático y lleno de problemas... pero un buen policía, al fin y al cabo».

46

Lunes.

Una nueva semana y un nuevo comienzo para él. Las
nubes habían dado una tregua y el cielo despejado permitía
que el sol calentara el asfalto. Los alrededores de la Gran
Vía rebosaban de ruido, con el ambiente habitual de un
lunes: el tráfico de los autobuses y de los conductores que
llegaban tarde a sus puestos de trabajo, los rostros agotados
de los transeúntes que habían trasnochado más de la cuenta
durante el fin de semana y el bullicio de una ciudad que no
dormía nunca.

Estaba descansado. Por primera vez, había logrado
conciliar el sueño durante más de ocho horas. Esa mañana
se sentía con buen humor. Tal vez fuera la cercanía de una
primavera que se manifestaba en los árboles o la
tranquilidad por saber que todo había terminado. Compró
el desayuno en el Starbucks que había junto a la oficina, sin
olvidarse de la secretaria y de sus alergias alimenticias.
Tenían una conversación pendiente, pero no quería crear

una confrontación con ella. No tenía excusa para hacerlo. Sin su investigación paralela, no habrían llegado a Carla Moreau. Reprenderla por haber ayudado, estaba fuera de lugar.

Cuando abrió la puerta del despacho, la secretaria estaba en su puesto de trabajo. De alguna manera, le alegró encontrará allí, como si nada hubiera pasado en los días anteriores.

—¡Javier! ¿Has leído las noticias?

—Buenos días, Marla —dijo al entrar y después dejó la bolsa de papel sobre su escritorio—. Café con leche sin lactosa y un cruasán con jamón y queso. Espero que no haya inconvenientes.

—No los hay, gracias —respondió ella y le regaló una sonrisa—. ¿Y el inspector Rojo? ¿Vendrá hoy?

Maldonado se quitó el Barbour y lo colgó en el perchero.

—Lamento decirte que no. Salió ayer para Alicante... —dijo y vio cómo ella agachaba la mirada—, pero te manda recuerdos.

—¿No te dijo nada más?

Él agarró su café y le dio un sorbo.

—Que eres una sabuesa implacable.

—¿Te ha dicho eso?

Maldonado sonrió.

—No. Eso lo digo yo —respondió y recordó las palabras de Rojo en el restaurante—. En fin, es lunes, ¿has comprado el periódico?

—Está en tu despacho.

—Genial... —concluyó y entró en la oficina—. Muero de ganas por saber qué han escrito sobre Berlanga.

Se sentó en la butaca, abrió el diario y colocó los pies sobre la mesa. Entonces vio la cabeza de Marla, asomando por el marco de la puerta.

—¿Javier?

—¿Sí, Marla?

—Gracias —dijo, sin más, con una mueca tímida. Se quedó unos segundos en silencio y regresó a su escritorio.

Maldonado no supo cómo interpretar aquello y se preguntó si se refería al desayuno o si estaba agradecida por haberle salvado la vida.

En cualquier caso, como ella le había dicho en el interior de aquel zulo, en ocasiones como esa, era mejor quedarse callado.

Pablo Poveda (España, 1989) es escritor, profesor y periodista. Autor de otras obras como la serie Caballero, Rojo o Don. Ha vivido en Polonia durante cuatro años y ahora reside en Madrid, donde escribe todas las mañanas. Cree en la cultura sin ataduras y en la simplicidad de las cosas.

Autor finalista del Premio Literario Amazon 2018 y 2020 con las novelas El Doble y El Misterio de la Familia Fonseca.

Si te ha gustado este libro, te agradecería que dejaras un comentario en Amazon. Las reseñas mantienen vivas las novelas.

Contacto: pablo@elescritorfantasma.com
Página web: elescritorfantasma.com
Instagram: @elescritorfantasma
Facebook: facebook.com/elescritorfant

Otros libros de Pablo Poveda
Serie Gabriel Caballero

Caballero

La Isla del Silencio

La Maldición del Cangrejo

La Noche del Fuego

Los Crímenes del Misteri

Medianoche en Lisboa

El Doble

La Idea del Millón

La Dama del Museo

Los Cuatro Sellos

El Último Adiós

Serie Don

Odio

Don

Miedo

Furia

Silencio

Rescate

Invisible

Origen

Serie Dana Laine
Falsa Identidad
Asalto Internacional
Matar o Morir

Serie Rojo
Rojo
Traición
Venganza
Desparecido
Secuestrada

Serie Javier Maldonado (Detective Privado)
Una Mentira Letal
Una Apuesta Mortal
Un Crimen Brillante
El Caso del Tarot

Trilogía El Profesor
El Profesor
El Aprendiz
El Maestro

Otros:
¿Quién mató a Laura Coves?
El misterio de la familia Fonseca
Perseguido
Motel Malibu
Sangre de Pepperoni
La Chica de las canciones
El Círculo